시라노

시라노
Cyrano de Bergerac

에드몽 로스탕 희곡   이상해 옮김

CYRANO DE BERGERAC
by EDMOND ROSTAND (1897)

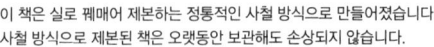

이 책은 실로 꿰매어 제본하는 정통적인 사철 방식으로 만들어졌습니다.
사철 방식으로 제본된 책은 오랫동안 보관해도 손상되지 않습니다.

등장인물 7

제1막　부르고뉴 성관의 공연　　　　　　　　　　9
제2막　시인들의 구이 가게　　　　　　　　　　　65
제3막　록산의 입맞춤　　　　　　　　　　　　　113
제4막　가스코뉴의 카데들　　　　　　　　　　　159
제5막　시라노의 가제트　　　　　　　　　　　　211

역자 해설
잘생긴 외모가 아니라 침묵과 헌신으로 지켜낸 사랑　239
에드몽 로스탕 연보　　　　　　　　　　　　　　247

등장인물

시라노 드 베르주라크, 크리스티앙 드 뇌빌레트, 록산, 드 기슈 백작, 라그노, 르 브레, 카르봉 드 카스텔잘루 대장, 브리사이, 리니에르, 카데들, 드 발베르, 첫 번째 후작, 두 번째 후작, 세 번째 후작, 몽플뢰리, 벨로즈, 조들레, 퀴지, 화난 사람, 총사, 또 다른 총사, 스페인 장교, 근위 경기병, 문지기, 부르주아, 부르주아의 아들, 소매치기, 관객, 경비, 피리꾼 베르트랑두, 수도사, 두 악사, 시종들, 시인들, 제과 요리사들, 마르트 수녀, 리즈, 음료 장수, 마르게리트 드 제쥐 원장 수녀, 뒤에뉴, 클레르 수녀, 여배우, 하녀, 꽃 파는 아가씨, 군중, 시인, 가스코뉴 카데, 배우, 바이올린 연주자들, 아이, 스페인 병사, 남자 관객, 여자 관객, 재녀(才女), 부르주아 부인, 수녀 등등

(4막까지는 1640년, 5막은 1655년)

제1막
부르고뉴 성관의 공연

1640년, 부르고뉴 성관(城館)의 홀. 공연을 위해 개조하고 치장한 일종의 폼 놀이[1]용 헛간. 홀은 긴 사각형이다. 사각형의 측면 중 하나가 오른쪽의 전경에서 출발해 왼쪽의 후경으로 이어지는 무대 배경을 형성하고, 비스듬히 보이는 무대와 각을 이룬다.

무대 양쪽, 쿨리스[2]를 따라 긴 의자들이 빼곡히 놓여 있다. 막은 양쪽으로 벌어지는 두 장의 장식 융단으로 이루어져 있다. 망토 다르캥[3] 위에 왕실 문장. 넓은 층계를 통해 무대에서 홀로 내려오게 되어 있고, 그 양쪽에 바이올린 연주자들의 자리가 있다. 난간에는 초들이 켜져 있다.

측면 회랑이 2개 열로 겹쳐져 있는데, 위쪽 열은 칸막이 좌석으로 나뉘어 있다. 이 연극의 무대라 할 수 있는 지층 입석에는 의자가 없고 그 안쪽, 다시 말해 오른쪽 전면에 계단식 좌석을 형성하는 몇

---

1 테니스의 전신.
2 배경을 움직일 수 있게 무대 바닥에 만든 홈.
3 무대 위쪽에 아치형으로 늘어뜨린 막.

몇 긴 의자들이 놓여 있다. 위쪽 좌석으로 올라가는 층계 아래 작은 등, 화병, 크리스털 잔, 케이크 접시, 작은 병 등으로 장식된 일종의 매점이 있다.

안쪽 중앙, 칸막이 좌석 회랑 아래, 극장의 입구가 있다. 관객들이 들어올 수 있도록 문이 살짝 열려 있다. 그 문의 양 문짝 위, 몇몇 구석진 곳, 그리고 매점 위에 〈라 클로리즈〉라고 쓰인 붉은 포스터가 붙어 있다.

막이 오르면, 어두컴컴한 홀은 아직 비어 있다. 샹들리에들이 입석 중앙에 내려져 불을 붙여 주기만을 기다리고 있다.

제1장

하나씩 도착하는 군중. 기사들, 부르주아들, 하인들, 시종들, 소매치기들, 문지기, 그리고 후작들, 퀴지, 브리사이, 음료 장수, 바이올린 연주자들 등등.
문 뒤에서 떠들썩하게 목소리들이 들려온다. 뒤이어 기사 한 명이 불쑥 들어온다.

문지기 (그를 쫓아오며) 거기요! 입장료 내셔야죠!
기사 난 공짜로 들어가!
문지기 왜요?
기사 왕실의 근위 경기병이니까!
문지기 (막 들어온 또 다른 기사에게) 당신은?

두 번째 기사 나도 돈 안 내!

문지기 하지만……

두 번째 기사 난 총사야.

첫 번째 기사 (두 번째 기사에게) 두시는 되어야 시작해. 입석이 아직 텅 비어 있어. 검술 연습이나 하세.

(두 사람은 차고 온 검으로 검술 연습을 한다)

하인 (들어오며) 어이…… 플랑캥……

이미 와 있던 또 다른 하인 ……샹파뉴?

첫 번째 하인 (저고리에서 노름 도구를 꺼내 보여 주며) 카드. 주사위.

(바닥에 털썩 주저앉는다) 하자.

두 번째 하인 (따라 앉으며) 그래, 좋아.

첫 번째 하인 (주머니에서 양초 조각을 꺼내 불을 붙이고는 바닥에 세우며) 주인한테 슬쩍한 거야.

경비 (다가오는 꽃 파는 아가씨에게) 불 켜기 전에 잘 왔어!

(여자의 허리를 끌어안는다)

기사 중 하나 (검에 찔린다) 터치!

노름꾼 중 하나 클로버!

경비 (아가씨를 쫓아가며) 키스 한 번!

꽃 파는 아가씨 (달아나며) 사람들이 봐요!

경비 (그녀를 어두컴컴한 구석으로 데려가며) 걱정할 거 없어!

한 사내 (먹을거리를 챙겨 온 다른 사람들과 함께 바닥에 앉으며) 일찍 왔을 때는 먹는 게 제일이야.

부르주아 (아들을 이끌며) 저리로 가자꾸나, 애야.

한 노름꾼 에이스 트리플!

한 사내 (외투 아래에서 술병을 꺼내 들고 앉으며) 술꾼은 부르고뉴 포도주를 마셔야 해…….

(술을 마신다) 부르고뉴 성관에서는!

부르주아 (아들에게) 사람들이 못 올 곳에 온 것으로 생각하지 않겠니?

(지팡이 끝으로 술꾼을 가리킨다) 술꾼들……

(기사 하나가 물러서며 그와 부딪친다) 검객들!

(노름꾼들 사이로 넘어진다) 노름꾼들!

경비 (그 뒤에서 여전히 아가씨를 희롱하며) 키스 한 번!

부르주아 (아들을 급히 데려가며) 맙소사! 이런 곳에서 한때 로트루[4]를 공연했단다, 얘야!

소년 코르네유[5]도!

한 무리의 시종들 (서로 손을 잡고 파랑돌[6]을 추며 노래를 부른다) 트라 라 라 라 라 라 라 라 라 라 레르……

문지기 (시종들에게 엄한 어투로) 야, 시종들, 짓궂은 장난치면 안 돼!

첫 번째 시종 (뾰로통한 표정으로) 오! 아저씨! 우리가 언제!

(문지기가 등을 돌리자마자 동료에게 쾌활한 어조로) 끈 좀

---

4 Jean de Rotrou(1609~1650). 17세기 전반 바로크 풍 연극의 대표적 극작가. 부르고뉴 극단을 위해 많은 작품을 썼으며, 리슐리외의 총애를 받았고 코르네유와도 교류했다.
5 Pierre Corneille(1606~1684). 17세기 프랑스의 대표적 극작가. 대표작으로는 『르 시드 *Le Cid*』가 있다.
6 프로방스 지방의 무용.

있어?

두 번째 시종 낚싯바늘도 있어.

첫 번째 시종 저 위에서 가발 낚시 하면 재미있을 거야.

소매치기 (인상이 안 좋은 사내 몇 명을 주위에 모으며) 이리들 와 봐. 어떻게 하는 건지 가르쳐 줄 테니까. 자네들 모두 도둑질은 이번이 처음이잖아……

두 번째 시종 (이미 위쪽 회랑에 자리를 잡은 다른 시종들을 소리쳐 부르며) 어이! 취시통[7] 있어?

세 번째 시종 (위에서) 콩도 있어!

(입으로 불어 동료 시종들에게 콩을 쏜다)

소년 (아버지에게) 오늘은 어떤 작품을 공연하죠?

부르주아 「클로리즈」.

소년 누구 작품인가요?

부르주아 발타자르 바로[8] 씨 작품이야. 걸작이지!

(아들의 팔을 잡고 무대 안쪽으로 올라간다)

소매치기 (부하들에게) ……무엇보다 카농,[9] 그걸 잘라야 돼!

한 관객 (위쪽 회랑 모퉁이를 가리키며 다른 관객에게) 저기, 「르 시드」 초연 때 내가 저기 있었어!

소매치기 (손가락으로 슬쩍하는 동작을 하며) 시계들……

부르주아 (아들에게로 다시 내려오며) 아주 유명한 배우들을

---

7 입으로 불어 화살을 쏘게 만든 통.
8 Balthazar Baro(1596~1650). 프랑스 작가. 1615년 발랑스 대학에서 법학 박사 학위를 받고, 1636년 프랑스 아카데미 회원이 된다.
9 17세기에 무릎 아래 매달았던, 레이스와 리본으로 된 천 조각.

보게 될 거야…….
소매치기 (재빨리 흔들어 잡아당기는 시늉을 하며) 손수건들……
부르주아 몽플뢰리……
어떤 사람 (위쪽 회랑에서) 샹들리에를 켜라!
부르주아 ……벨로즈, 레피, 라 보프레, 조들레!
한 시종 (1층 입석에서) 아! 저기 음료 장수다!
음료 장수 (매점 판매대 뒤에서 나타나며) 오렌지 주스, 우유, 산딸기 물, 톡 쏘는 삼나무 수액……

문 쪽에서 소란이 인다.

남자의 날카로운 가성 비켜, 이 상스러운 것들!
한 하인 (놀라며) 후작들이? ……입석에?
또 다른 하인 아! 잠시 지나가는 거야.

고만고만한 후작 무리가 입장한다.

한 후작 (반쯤 비어 있는 홀을 보고는) 이게 뭐야! 우리가 한낱 나사 상인들처럼 입장하는 거야? 사람들을 방해하지도 않고? 발들을 밟지도 않고? 아! 체! 체! 체!
(조금 앞서 들어온 다른 귀족들을 발견한다)
퀴지! 브리사이!
(반가운 포옹)
퀴지 어서 오게! 우리야 샹들리에가 켜지기 전에 도착하는 단골들 아닌가…….
후작 아! 그 얘긴 말게! 나 지금 기분이 영…….
또 다른 후작 기분 풀게, 후작. 저기, 점화부가 들어오니까!
홀 전체 (점화부의 입장을 반기며) 아!

사람들이 샹들리에 주위로 모여든다. 몇몇 사람은 회랑 좌석에 자리를 잡았다. 리니에르가 크리스티앙 드 뇌빌레트의 팔을 끌며 입석으로 들어온다. 옷매무새가 단정치 못한 리니에르는 전형적인 술꾼으로 보이고, 우아하지만 약간 촌스럽게 차려입은 크리스티앙은 뭔가에 정신이 팔린 듯 칸막이 좌석을 둘러본다.

제2장

같은 인물들, 크리스티앙, 리니에르, 뒤이어 라그노와 르 브레.

퀴지 리니에르!
브리사이 (웃으며) 아직은 안 취했군!
리니에르 (크리스티앙에게 낮은 목소리로) 소개해 줄까?
 (크리스티앙이 동의를 표시하자) 여긴 드 뇌빌레트 남작일세.
홀 전체 (환하게 불이 켜진 첫 샹들리에가 올라가는 것에 환호하며) 우와!
퀴지 (크리스티앙을 바라보며 브리사이에게) 정말 잘생겼군.
첫 번째 후작 (그 얘길 듣고) 피!

리니에르 (퀴지와 브리사이를 크리스티앙에게 소개하며) 퀴지 씨와 브리사이 씨일세…….

크리스티앙 (고개를 숙이며) 반갑습니다!

첫 번째 후작 (두 번째 후작에게) 잘생기긴 했는데 다듬어지질 않았군. 촌스러워.

리니에르 (퀴지에게) 남작은 투렌에서 온 지 얼마 안 됐네.

크리스티앙 그래요, 파리에 온 지 겨우 20일밖에 안 됐죠. 내일 카데[10]들 부대에 들어가기로 되어 있어요.

첫 번째 후작 (칸막이 좌석으로 들어서는 여자들을 바라보며) 저기 봐, 의장 부인 오브리야!

음료 장수 오렌지 주스, 우유……

바이올린 연주자들 (음을 맞추며) 라…… 라……

퀴지 (점점 채워지는 홀을 가리키며 크리스티앙에게) 사람들 좀 보게!

크리스티앙 예, 정말 많군요.

첫 번째 후작 아름다운 부인들이야!

남자들이 화려하게 치장을 한 채 칸막이 좌석으로 들어서는 여자들의 이름을 하나씩 댄다. 던지는 인사, 돌아오는 미소.

두 번째 후작 드 게메네가(家) 부인들……
퀴지 드 부아도팽가 부인들……

10 병졸로 시작해서 하급 사관으로 군무에 종사하는 청년 귀족, 주로 둘째 아들 이하의 귀족들임.

첫 번째 후작 우리가 사랑하는……

브리사이 드 샤비니 부인……

두 번째 후작 우리의 가슴을 설레게 하는!

리니에르 저기 봐, 코르네유 씨가 루앙에서 왔어.

소년 (아버지에게) 아카데미 회원들도 왔나요?

부르주아 어디 보자……. 한두 명이 온 게 아니로구나. 저기, 부뒤, 부아사 그리고 퀴로 드 라 샹브르, 게다가 포르셰르, 콜롱비, 부르제, 부르동, 아르보……. 하나같이 영원히 남을 이름들이야. 정말 장관이군!

첫 번째 후작 저기 봐! 우리 재녀(才女)[11]들이 자리를 잡고 있어. 바르테노이드, 위리메동트, 카상다스, 펠릭세리……

두 번째 후작 (황홀해하며) 오! 맙소사! 정말 세련된 별명들이군! 자네 그들 별명을 다 아나?

첫 번째 후작 그럼, 다 알지!

리니에르 (크리스티앙을 한쪽으로 데리고 가며) 여보게, 난 자네가 좀 도와달라고 해서 왔을 뿐이네. 문제의 아가씨는 안 올 모양이니, 난 돌아가서 술이나 마셔야겠네!

크리스티앙 (사정하며) 안 돼요……. 도시와 궁정을 풍자하는 일은 나중에 하고, 남아서 내가 죽도록 사랑하는 사람이 누군지 말해 줘요.

바이올린 지휘자 (지휘봉으로 악보대를 두드리며) 바이올린 연주자 여러분…….

---

11 17세기 프랑스의 재치 있고 세련된 귀부인.

(지휘봉을 든다)

음료 장수 마카롱, 레몬주스······

바이올린이 연주되기 시작한다.

크리스티앙 그녀가 겉멋 든 세련된 여자일까 봐 두려워요. 재치 없는 나로선 감히 그녀에게 말도 못 걸겠어요······. 요즘 사람들이 말하고 쓰는 언어는 혼란스럽기만 해요. 난 소심한 한낱 병사에 불과하니까요. 그녀는 늘 오른쪽, 저 안쪽 좌석에 앉는데, 아직 비어 있어요.

리니에르 (나가는 시늉을 하며) 나, 가네.

크리스티앙 (그를 붙들며) 오! 안 돼요, 있어요!

리니에르 그럴 수 없네. 다두시가 카바레에서 날 기다리고 있어. 게다가 여기선 목이 말라 죽을 지경이네.

음료 장수 (바구니를 들고 그 앞을 지나가며) 오렌지 주스?

리니에르 쳇!

음료 장수 우유?

리니에르 피!

음료 장수 리브살트?[12]

리니에르 정지!

(크리스티앙에게) 조금 더 있어 보겠네. 어디 그 리브살트 좀 마셔 볼까?

---

12 백포도주의 일종.

(그가 음식 판매대 근처에 앉는다. 음료 장수가 그에게 리브 살트를 따라 준다)

외침 (명랑한 표정의 키 작고 토실토실한 남자가 입장하자 군중이 외친다) 아! 라그노!

리니에르 (크리스티앙에게) 유명한 구이 전문가 라그노[13]일세.

라그노 (나들이 나온 제과 요리사의 옷차림으로 리니에르를 향해 씩씩하게 다가오며) 시라노 씨 못 보셨소?

리니에르 (크리스티앙에게 라그노를 소개하며) 배우와 시인들의 제과 요리사일세!

라그노 (황송해하며) 별 말씀을······.

리니에르 겸손 떠시긴, 모두가 인정하는 문예 후원자께서!

라그노 하긴, 그분들이 우리 가게에 오면 마음껏 드시긴 하지요.

리니에르 외상으로. 본인이 재능 있는 시인이기도 하고······.

라그노 그들 말로는.

리니에르 시구에 미친 사람!

라그노 사실, 작은 서정시에는······

리니에르 파이를 주고······

라그노 아니! 작은 파이!

리니에르 착한 사람, 그걸 미안해하는구먼! 그럼 8행시에는 뭘 주지?

---

13 라그노의 직업은 구이 전문가 *rotisseur* 겸 제과 요리사 *patissier*로서, 각종 구이, 반죽에 고기, 채소 등을 다져 넣어 굽는 요리 외에도 과자, 케이크, 빵 등을 만든다.

라그노 작은 빵!

리니에르 (꾸짖듯이) 우유 빵.[14] 그럼 연극은? 연극 좋아하시오?

라그노 안 보곤 못 살죠.

리니에르 그렇지, 당신은 입장료를 빵 과자로 내지! 우리끼리 얘긴데, 오늘은 뭘 내셨소?

라그노 플랑 네 개, 슈크림 열다섯 개.

(사방을 둘러본다) 시라노 씨는 안 왔소? 놀랍군.

리니에르 왜요?

라그노 몽플뢰리[15]가 무대에 오르잖아요!

리니에르 그래요, 오늘밤 그 뚱보가 페동 역을 하기로 되어 있죠. 그게 시라노와 무슨 상관이죠?

라그노 모르고 있었소? 그가 몽플뢰리에게 꼴 보기 싫다며 한 달 동안 무대에 오르지 말라고 했어요.

리니에르 (벌써 넉 잔째를 마시며) 그래요?

라그노 그런데 그가 오늘 무대에 선답니다!

퀴지 (그들 곁에 다가와 서 있다가) 그도 어쩔 수가 없는 게죠.

라그노 오! 오! 그래서 어떻게 되나 보러 왔어요!

첫 번째 후작 그 시라노라는 사람이 누구요?

---

14 운을 맞춘 거라 원문을 모르면 묘미를 알 수가 없다. 작은 서정시는 오들레트*odelette*, 파이는 타르트*tarte*, 작은 파이는 타르트레트*tartelette*, 8행시는 트리올레*triolet*, 작은 빵은 프티 팽*petits pains*, 우유 빵은 팽 올레 *pains au lait*이다. 말하자면 리니에르는 트리올레에는 팽 올레로 운을 맞춰야 한다는 의미에서 라그노를 꾸짖은 것이다.

15 Montfleury(1600~1667). 부르고뉴 성관의 인기 배우. 실존 인물 시라노 역시 그에 대해 풍자적인 글을 쓴 적이 있다.

퀴지 콜리슈마르드[16]에 아주 조예가 깊은 사람이지.
두 번째 후작 귀족이오?
퀴지 그럼요. 수비대의 카데니까.
　(누군가를 찾는 것처럼 홀 안을 오락가락하는 귀족을 가리키며) 그의 친구 르 브레라면 당신에게 더 자세히······
　(부른다) 르 브레!

르 브레가 그들을 향해 다가온다.

퀴지 베르주라크를 찾고 있소?
르 브레 그래요, 걱정이 돼서······!
퀴지 그 사람, 워낙 유별나잖아요, 안 그래요?
르 브레 (애정 어린 어조로) 아! 달 아래 사는 사람 중에 가장 매력적인 친구죠!
라그노 시인!
퀴지 검객!
브리사이 물리학자!
르 브레 음악가!
리니에르 아무튼 묘하기 짝이 없는 사람이야!
라그노 물론이죠, 그 엄숙한 필리프 드 샹파뉴[17] 씨조차 결코 그를 정확하게 묘사하진 못할 겁니다.

---

16 손잡이가 굵고 끝이 뾰족한 16세기 칼.
17 Philippe de Champaigne(1602~1674). 벨기에 출신의 프랑스 화가. 리슐리외 등 수많은 당대 인물들의 초상화를 남겼다.

묘하고, 과격하고, 기상천외하고, 우스꽝스러운
그라면, 고 자크 칼로[18]에게 그의 가면 그림들에 넣을
가장 정신 나간 검객의 모델을 제공할 수 있었을 게요.
깃털 장식 셋 달린 펠트 모자에 자락 여섯 달린 저고리,
그리고 뒤쪽으로 에스톡[19]이 무례하고 화려한 수탉
꼬리처럼 꼿꼿이 고개를 쳐들고 있는 망토.
알타반[20]들의 지고뉴 아줌마[21]였고,
또 영원히 그것으로 남을, 가스코뉴 지방이 낳은
그 어느 용사보다도 자부심이 강한 그는
풀치넬라[22]를 닮은 얼굴에 그걸 달고
산책을 한답니다. 뭘? 코를!
……아! 여러분, 그 코가 어떤 코입니까!
그런 코쟁이를 보고는 그냥 지나칠 수가 없죠,
이렇게 외치지 않고는.「오, 정말이지 너무 크군!」
그리곤 웃으며 말하지요.「좀 잘라 내야겠네……」
하지만 베르주라크 씨는 결코 잘라 내지 않는다오.

르 브레 (고개를 저으며) 그냥 달고 다니지. 그리고 쳐다보는 사람은 누구든 베어 버리지!

---

18 Jacques Callot(1592~1635). 프랑스 판화가. 기지 넘치는 독특한 수법으로 역사, 풍속, 제전 등을 주제로 한 많은 동판화를 제작했다.
19 가늘고 긴 검.
20 파르티아의 왕들 이름. 용맹한 사람을 뜻한다.
21 치마 밑에서 많은 아이들이 나오는 인형극의 인물. 아이가 아주 많은 여자를 말한다.
22 17세기 이탈리아 콤메디아 델라르테의 희극적 캐릭터.

라그노 (자랑스럽게) 그의 검은 아트로포스[23] 가위의 한쪽이니까!

첫 번째 후작 (어깨를 으쓱하며) 그는 오지 않을 거야!

라그노 천만에! ……내가 닭 한 마리 걸죠. 라그노 표로!

후작 (웃으며) 좋아!

홀에 울려 퍼지는 찬탄의 웅성거림. 록산이 자신의 칸막이 좌석에 모습을 드러낸다. 그녀는 앞쪽에 앉고, 그녀의 뒤에뉴[24]는 뒤쪽에 자리 잡는다. 크리스티앙은 음료 장수에게 돈을 지불하느라 그녀를 보지 못한다.

두 번째 후작 (조그맣게 외치며) 아! 여러분! 아닌 게 아니라 끔찍하게 매력적인 여자로군요!

첫 번째 후작 딸기 같은 입술로 웃는 복숭아!

두 번째 후작 너무나 상큼해서 다가갔다간 마음에 감기가 걸리고 말 거야!

크리스티앙 (고개를 들고 록산을 본다. 그러고는 리니에르의 팔을 덥석 잡는다) 그녀예요!

리니에르 (쳐다보며) 아! 저 여자였어?

크리스티앙 그래요. 빨리 말해 줘요. 두려워요.

리니에르 (리브살트를 홀짝거리며) 마그들렌 로뱅, 일명 록산. 세련된 재녀.

---

23 운명의 실을 가위로 끊는 여신.
24 지체 높은 집안의 처녀를 보살피는 나이 든 여자.

크리스티앙 맙소사!

리니에르 자유로운 데다 본래 고아지. 게다가 사촌이야. 우리가 말한 그 시라노의…….

그 순간, 푸른 줄의 X형 장식을 한 아주 우아한 귀족이 칸막이 좌석으로 들어온다. 그가 선 채 잠시 록산과 이야기를 나눈다.

크리스티앙 (치를 떨며) ……저 남자는?

리니에르 (취기가 오르는 듯 눈을 깜빡이며) 저런! 저런! 드 기슈 백작이로군. 그녀에게 푹 빠져 있지만 아르망 드 리슐리외의 조카와 결혼한 몸일세. 그래서 록산을 한 침울한 양반과 결혼시키려 하지. 드 발베르 씨라고, 자작인데…… 록산을 마음에 두고 있네. 그녀가 사양하고 있지만 드 기슈는 막강한 사람이야. 한낱 부르주아 아가씨를 괴롭히는 건 일도 아니지. 게다가 내가 한 노래에서 그의 음흉한 수작을 폭로했어……. 오! 그가 날 단단히 벼르고 있을 걸세! 끝이 고약하거든……. 들어 보게…….

(비틀거리며 일어나 잔을 높이 들고 노래를 부르기 시작한다)

크리스티앙 그럼, 안녕히.

리니에르 자네, 어디 가나?

크리스티앙 드 발베르 씨에게!

리니에르 조심하게. 그가 자넬 죽이려 들 걸세!

(눈으로 록산을 가리키며) 그냥 있게. 그녀가 쳐다보니까.

크리스티앙 정말!

크리스티앙이 록산을 바라보고 있다. 넋이 빠져 입을 다물지 못하고 있는 그를 본 소매치기 무리가 그에게 다가온다.

리니에르 이젠 정말 가야겠네. 목이 말라! 선술집에서 사람들이 날 기다리고 있어!
  (비틀거리며 나간다)
르 브레 (홀을 한 바퀴 돌아본 다음 라그노에게 돌아와 마음이 놓인다는 듯) 시라노는 안 온 것 같아.
라그노 (믿을 수 없다는 듯) 하지만…….
르 브레 아! 난 그가 벽보를 못 봤길 바라네!
관객들 (발을 구르며) 시작해라! 시작해라!

제3장

리니에르를 제외하고 같은 인물들, 드 기슈, 발베르, 뒤이어 몽플뢰리.

한 후작 (드 발베르 자작을 필두로 자신에게 아첨을 떠는 귀족들에게 에워싸여 록산의 좌석에서 내려와 입석을 지나가는 드 기슈를 보고) 저 드 기슈라는 사람, 패거리를 몰고 다니는군!
또 다른 후작 쳇! ……저치도 가스코뉴 사람인걸!
첫 번째 후작 그래도 그는 유연하고 냉정하지, 성공한 사람이야! ……가서 인사나 하세. 내 말 듣게나.
  (다른 후작과 함께 드 기슈에게 다가간다)

두 번째 후작 정말 아름다운 리본이군요! 무슨 색깔이죠, 드 기슈 백작? 〈귀여운-것-나에게-키스해 다오〉 아니면 〈암사슴-배〉 색깔?

드 기슈 〈병든 스페인〉 색깔이오.

첫 번째 후작 색깔은 거짓말을 하지 않죠. 왜냐하면 곧 당신 때문에 플랑드르에서 스페인이 병들고 말 테니까!

드 기슈 난 무대 위 좌석으로 올라갈 거요. 같이 가시겠소? (모든 후작과 귀족들을 이끌고 무대를 향해 간다. 돌아서서 부른다) 어서 오게, 발베르!

크리스티앙 (그 이름을 듣고는 치를 떨며) 자작! 아! 그의 면상에 대고 내……
(주머니에 손을 넣다가 한창 주머니를 털고 있던 소매치기의 손을 잡는다. 돌아보며) 엥?

소매치기 에고!

크리스티앙 (손을 쥔 채) 난 장갑을 꺼내려고 했는데!

소매치기 (비굴하게 웃으며) 손 하나를 찾으셨죠.
(어조를 바꾸며, 낮고 빠른 목소리로) 놔줘요. 비밀 한 가지 가르쳐 드릴 테니.

크리스티앙 (여전히 손을 쥔 채) 무슨 비밀?

소매치기 금방 나간…… 리니에르……

크리스티앙 (여전히 쥔 채) 그래서?

소매치기 ……그가 곧 죽을 거예요. 그가 부른 노래가 막강한 누군가의 비위를 건드렸거든요. 그래서 오늘밤 백 명이 잠복해서 그를 기다릴 거예요!

크리스티앙 백 명! 누가 시킨 거지?

소매치기 그건 말하기가……

크리스티앙 (팔을 비틀며) 이래도?

소매치기 (버티며) 직업상!

크리스티앙 어디서 잠복할 예정이지?

소매치기 그가 가는 길에. 빨리 가서 알려요!

크리스티앙 (마침내 손목을 놓아 주며) 하지만 어디 있는 줄 알고?

소매치기 카바레마다 돌아다니며 찾아봐요. 르 프레수아르 도르, 라 폼 드 팽, 라 생튀르 키 크라크, 레 되 토르슈, 레 트루아 앙토누아르, 가는 곳마다 위험을 알리는 쪽지를 남겨요.

크리스티앙 좋아, 찾아보겠어! 아! 비겁한 놈들! 단 한 명을 노리고 백 명이!

(사랑의 눈길로 록산을 바라보며) 떠나야 하다니…… 그녀를!

(분노의 눈길로 발베르를 바라보며) 그리고 그를! ……하지만 리니에르부터 구해야 해!

크리스티앙이 뛰어나간다. 드 기슈, 자작, 후작들, 모든 귀족들이 무대 위의 좌석에 앉기 위해 장막 뒤로 사라진다. 1층 입석에는 발 디딜 틈조차 없다. 회랑과 칸막이 좌석에도 더 이상 빈자리가 없다.

홀 전체 시작해라.

한 부르주아 (위층에서 한 시종이 줄로 그의 가발을 낚아 올린다) 내 가발!

즐거운 외침 저 사람 대머리야! 브라보, 시종들! ……하! 하! 하!

부르주아 (화가 나 주먹을 쥐어 보이며) 요 녀석들을 그냥!

웃음과 외침 (아주 크게 시작해서 점점 잦아든다) 하! 하! 하! 하! 하!

(완전한 침묵)

르 브레 (놀라며) 이 갑작스러운 침묵은?

(관객 하나가 그의 귀에 대고 뭐라고 속삭인다) 그래요?

관객 확실하답니다.

수군거림 쉿! — 그래? — 아냐! — 맞아! 철책이 쳐진 칸막이 좌석에 — 추기경이? — 추기경? — 추기경?

시종 아! 제길! 편하게 구경하긴 다 틀렸군!

누군가 봉으로 무대 바닥을 친다. 모두가 움직임을 멈춘다. 기다림.

한 후작의 목소리 (고요한 가운데 장막 뒤에서) 아, 저 촛불 심지 좀 줄여!

또 다른 후작 (장막 틈으로 고개를 내밀며) 의자 하나!

의자 하나가 손에서 손으로 건네져 사람들 머리 위로 옮겨진다. 그것을 건네받은 후작이 칸막이 좌석 쪽을 향해 몇 번의 키스를 보내고는 사라진다.

한 관객 조용!

봉으로 바닥을 치는 소리가 세 번 울린다. 막이 열린다. 후작들이 무대 양쪽에 무례한 자세로 앉아 있다. 배경 막은 전원의 푸르스름한 정경을 나타낸다. 크리스털 샹들리에 네 개가 무대를 밝힌다. 부드러운 바이올린 선율이 흐른다.

르 브레 (라그노에게 낮은 목소리로) 몽플뢰리가 무대에 등장했나?
라그노 (역시 낮은 목소리로) 예, 시작하는 사람이 그예요.
르 브레 시라노는 안 왔어.
라그노 내가 내기에서 졌어.
르 브레 다행이야! 다행!

은은한 풍적 소리가 들려오고, 목동 차림의 뚱뚱한 몽플뢰리가 장미로 장식된 모자를 비스듬히 쓴 채 리본이 달린 풍적을 불며 무대에 등장한다.

입석 (박수를 치며) 브라보, 몽플뢰리! 몽플뢰리!
몽플뢰리 (인사를 한 후에 페동 역을 하며)
　　　행복하여라, 세상 멀리 쓸쓸한 곳으로
　　　스스로 물러나 유배 생활을 하는 이는.
　　　산들바람이 숲을 스치고 지나갈 때……
한 목소리 (입석 한가운데에서) 이놈, 내가 한 달 동안 무대에

서지 말라고 하지 않았느냐?

경악. 사람들이 모두 돌아본다. 웅성거림.

다양한 목소리 엥? — 뭐야? — 누가 감히?

사람들이 누군지 보려고 좌석에서 일어선다.

퀴지 그야!
르 브레 (겁에 질려) 시라노!
목소리 익살 광대들의 왕, 썩 무대에서 나가라!
홀 전체 (화가 나서) 아!
몽플뢰리 하지만……
목소리 반항하는 거냐?
다양한 목소리들 (입석과 좌석에서) 쉿! — 그만 해! — 몽플뢰리, 계속 연기하시오! — 전혀 겁낼 것 없소!
몽플뢰리 (겁먹은 목소리로) 행복하여라, 세상 멀리 쓸쓸한 곳으로……
목소리 (보다 위협적으로) 정말 그럴 거야? 오, 익살꾼들의 군주여, 내가 진정 몽둥이로 너의 어깨를 내리쳐야 하겠느냐?

지팡이 하나가 사람들 머리 위로 불쑥 솟아오른다.

몽플뢰리 (점점 더 가늘어지는 목소리로) 행복하여라……

지팡이가 빙글빙글 돈다.

목소리 썩 나가!
입석 오!
몽플뢰리 (기어 들어가는 목소리로) 행복하여라, 세상 멀리……
시라노 (비스듬히 쓴 펠트 모자, 곤두선 콧수염, 끔찍한 코, 의자 위에 올라서서 팔짱을 낀 채) 아! 나, 진짜 화낼 거야!

그를 본 사람들의 웅성거림.

제4장

같은 인물들, 시라노, 뒤이어 벨로즈, 조들레.

몽플뢰리 (후작들에게) 나 좀 도와주시오, 여러분!
한 후작 (아무 일도 아니라는 듯) 그냥 연기하라니까!
시라노 뚱보, 계속 연기하면 내가 네 따귀를 후려치지 않을 수 없을 거야!
후작 그만 하시오!
시라노 후작들은 좌석에 앉아 입 다물고 있기를, 안 그러면 내가 이 지팡이로 그들의 리본을 매만져 줄 테니!
모든 후작 (벌떡 일어서서) 이건 너무하군! ……몽플뢰리.
시라노 몽플뢰리는 무대를 떠나길. 안 그러면 내가 귀를 베고

배를 갈라놓을 테니!

한 목소리 하지만…….

시라노 어서 나가!

다른 목소리 그래도…….

시라노 아직도 안 나갔어? (소매를 걷어붙이는 동작을 하며) 좋아! 내가 무대로 올라가서 모두들 나눠 먹게 저 이탈리아 대형 소시지를 썰어 놓겠어!

몽플뢰리 (위엄을 갖추려고 애쓰며) 날 욕하는 건 탈레이아[25]를 욕하는 거나 마찬가지요.

시라노 (아주 공손하게) 당신 따윈 안중에도 없을 그 미(美)의 여신이 혹시라도 당신을 만나는 영예를 누린다면, 항아리처럼 뚱뚱하고 멍청한 당신을 보고는 헌신짝 버리듯 어딘가로 팽개쳐 버릴 거야.

입석 몽플뢰리! 몽플뢰리 — 바로의 희곡!

시라노 (주위에서 소리를 지르는 사람들에게) 부탁건대, 내 칼집을 불쌍히 여겨 주시오. 당신들이 계속 그러면 그가 칼날과 헤어지고 말 테니까!

시라노를 중심으로 원이 넓어진다.

군중 (물러서며) 저런! 오!

시라노 (몽플뢰리에게) 무대에서 나가!

---

[25] 아홉 뮤즈 중 하나. 희극의 여신.

군중 (다가와 야유를 보내며) 우! 우!
시라노 (휙 돌아서며) 누구 불만 있어?

군중들이 다시 뒷걸음질 친다.

한 목소리 (안쪽에서 노래를 부른다) 시라노 씨가 우리에게 폭정을 행사하네. 하지만 그 폭정에도 「라 클로리즈」는 공연되고 말리라.
홀 전체 (노래를 부르며) 「라 클로리즈」, 「라 클로리즈」!
시라노 그 노래가 한 번만 더 들리면 당신들 모두를 때려눕혀 주겠어.
한 부르주아 당신은 삼손이 아냐!
시라노 거기, 선생, 당신 턱 좀 빌려 주시겠소?
한 부인 (칸막이 좌석에서) 어떻게 저럴 수가!
한 귀족 추문이야!
한 부르주아 이럴 순 없어!
한 시종 재미만 있는걸!
입석 쳇! — 몽플뢰리! — 시라노!
시라노 조용!
입석 (법석을 떨며) 히힝! 음매! 우아, 우아! 꼬꼬댁!
시라노 이런······.
한 시종 야옹!
시라노 모두 입을 다물 것을 명하오! 그리고 난 입석에 집단 결투를 신청하는 바이오! 내가 이름들을 써놓겠소! — 다가오시오, 젊은 영웅들! 한 사람씩 순서대로! 내가 번호표를 나눠 주겠소! 자, 명부 제일 위에 이름을 올리고 싶은 사람이 누구요? 거기, 당신? 아냐! 그럼 당신? 아냐! 첫 번째 결투 신청자는 마땅한 대접을 해서 저세상으로 보내 주겠소! 죽고 싶은 사람이 있으면 손가락만 까닥하기를.

정적.

시라노 벌거벗은 칼날을 보는 게 부끄럽소? 이름 하나 없소? 손가락 하나도? 좋소, 그럼 계속하리다.
(몽플뢰리가 겁에 질려 기다리고 있는 무대를 향해 돌아서며) 고로, 나는 저 부기가 빠진 무대를 보고 싶어. 저절로 안 빠지면……
(손을 검에 가져가며) 메스를 쓸 수밖에!

몽플뢰리 전……

시라노 (의자에서 내려와 원 중앙에 털썩 주저앉으며) 내 손이 힘차게 세 번 손뼉을 칠거야! 세 번째 손뼉을 칠 때까지 얌전하게 사라지셔.

입석 (흥미롭다는 듯) ……아?

시라노 (손뼉을 치며) 하나!

몽플뢰리 전……

한 목소리 (칸막이 좌석에서) 그냥 있으시오!

입석 있을 것이냐…… 말 것이냐…….

몽플뢰리 제 생각엔, 여러분……

시라노 둘!
몽플뢰리 전 아무래도 사라지는 편이……
시라노 셋!

몽플뢰리가 뚜껑 문 아래로 떨어지듯 순식간에 사라져 버린다. 쏟아지는 웃음, 휘파람, 야유.

홀 우!……우!……비겁하다!……돌아와!
시라노 (만족한 표정으로 의자에 앉아 다리를 꼬며) 감히 올 수 있으면 오라고 해봐!
한 부르주아 극단 연사다!

벨로즈가 걸어 나와 인사를 한다.

칸막이 좌석 아!……저기, 벨로즈다!
벨로즈 (우아하게) 고귀한 귀족님들…….
입석 아니! 아니! 조들레 나오라고 해!
조들레 (걸어 나와 콧소리로) 한심한 것들!
입석 아! 아! 브라보! 아주 좋아! 브라보!
조들레 브라보는 그만! 불룩한 배로 여러분의 사랑을 받고 있는 우리의 비극 배우가 몸이 안 좋아……
입석 그자는 비겁한 자야!
조들레 ……나가야만 했습니다!
입석 다시 나오라고 해!

한 무리 안 돼!

다른 무리 오라고 해!

한 청년 (시라노에게) 도대체 무슨 이유로 몽플뢰리를 그렇게 미워하시죠?

시라노 (앉은 채로 친절하게)

젊은 얼간이,

하나만으로도 충분한 이유가 두 가지나 있네.

첫째, 그는 날아오르게 해야 할 시구를

물지게꾼처럼 여차! 하고 힘들게 짊어지는

형편없는 배우일세!

둘째, 그건 나만의 비밀이지…….

늙은 부르주아 (뒤에서) 당신은 양심 없게도 우리에게서 「라 클로리즈」를 앗아가 버렸소! 난 그래도……

시라노 (앉은 채 의자를 부르주아 쪽으로 돌리며 정중하게)

늙은 노새 양반,

늙은 바로의 시구들은 빵점 이하이기 때문에

중지시켜도 난 아무 후회가 없소이다!

재녀들 (칸막이 좌석에서) 하! — 호! — 우리의 바로를! 저런! — 어떻게 저런 망발을? — 아! 맙소사!

시라노 (의자를 칸막이 좌석 쪽으로 돌리며, 점잖게)

아름다운 부인들,

빛을 발하고, 활짝 피어나고, 꿈의 시중꾼이 되시오.

그 미소로 죽음을 황홀케 하시오,

우리에게 시구들을 불어넣어 주시오…….

하지만 그것들을 심판하진 마시오!

벨로즈 그래도 돈은 돌려줘야죠!

시라노 (무대를 향해 의자를 돌리며) 벨로즈, 처음으로 말다운 말을 하는군! 난 테스피스[26]의 망토에 구멍을 내진 않아. (그가 일어나 주머니 하나를 무대 위로 던진다) 이 돈주머니 받고 입 다물어!

홀 전체 (탄성을 내지르며) 아! ······오!

조들레 (잽싸게 돈주머니를 주워 들어 보며) 이 가격이면 매일 와서「라 클로리즈」를 공연하지 못하게 해도 좋아요!

홀 전체 우! ······우!

조들레 이렇게 야유를 받는 일이 있어도!

벨로즈 자, 다들 나가 줘요!

조들레 나가요!

시라노가 만족한 표정으로 바라보는 사이, 사람들이 퇴장하기 시작한다. 하지만 다음 장면이 시작되는 소리를 들은 관객들이 멈춰 선다. 퇴장이 중지된다. 외투를 걸치고 칸막이 좌석에서 일어났던 여자들도 그 소리를 듣기 위해 서 있다가 마침내 하나 둘씩 다시 앉기 시작한다.

르 브레 (시라노에게) 자네 미쳤군!

화난 사람 (시라노에게 다가와) 대배우 몽플뢰리를! 어떻게 이

---

26 Thespis(?~?). 기원전 6세기 후반에 활약한 고대 그리스 비극 작가.

런 추문이! 그는 드 캉달 공작의 보호를 받고 있소! 당신도 보호자가 있소?

시라노 없소!

화난 사람 ······없다고요?

시라노 없소!

화난 사람 당신을 보호해 주는 지체 높은 귀족이 없단 말이오?

시라노 (짜증을 내며) 없다고 두 번이나 말했잖소. 세 번을 채워 달란 말이오? 아뇨, 난 보호자가 없소.

(손으로 검을 쥐며) 이 보호자 말고는!

화난 사람 이 도시를 떠나고 싶은 거요?

시라노 그야 내 맘이지.

화난 사람 드 캉달 공작은 팔이 아주 긴 분[27]이요.

시라노 아무리 그래도 내 것보다는 덜 길겠지······.

(검을 뽑아 보여 주며) 내 팔은 이렇게 길어지니까!

화난 사람 설마 공작에게 맞설 생각은······

시라노 그럴 생각이오.

화난 사람 하지만······

시라노 이제 냉큼 돌아서서 가시오.

화난 사람 하지만······

시라노 가라니까! 아니면 내 코를 왜 그렇게 쳐다보는지 말해 보시오.

---

27 큰 영향력을 가지고 있다는 의미. 시라노의 대꾸 때문에 직역했다.

화난 사람 (어리둥절한 표정으로) 난 그저……

시라노 (그를 향해 다가가며) 내 코가 그렇게 놀랍소?

화난 사람 (뒷걸음질 치며) 선생께서 오해를……

시라노 코끼리 코처럼 물렁물렁하고 건들거리오?

화난 사람 (계속 물러서며) 제가 언제……

시라노 아니면 올빼미 부리처럼 구부러졌소?

화난 사람 전……

시라노 끝에 무사마귀라도 달렸소?

화난 사람 그게 아니라……

시라노 아니면 파리가 느린 걸음으로 산책이라도 하고 있소? 그렇게 이상하게 생겼소?

화난 사람 ……오!

시라노 기형처럼 보이오?

화난 사람 이럴 줄 알았으면 함부로 쳐다보지 않도록 조심했을 게요!

시라노 왜 쳐다보지 않으려 조심을 하죠?

화난 사람 난 그냥……

시라노 그러니까 내 코가 역겹다는 뜻이오?

화난 사람 선생……

시라노 색깔이 비위생적으로 보이오?

화난 사람 선생!

시라노 생긴 게 음란해 보이오?

화난 사람 전혀!

시라노 그런데 왜 언짢은 표정을 지으시오? 혹시 내 코가 지나치게 크다고 생각하는 거 아니오?

화난 사람 (말을 더듬으며) 전 선생 코가 작다고, 아주 작다고, 보이지 않을 정도로 작다고 생각해요.

시라노 엥? 뭐라고? 내가 그렇게 우스꽝스럽게 생겼다고? 작다고, 내 코가? 이것 참!

화난 사람 맙소사!

시라노 어마어마하게 크다오, 내 코는!
 천한 납작코, 멍청한 들창코, 납작 머리 양반아,
 내가 이 돌기를 자랑스럽게 여긴다는 걸 알아 두시오.
 커다란 코는 그야말로 친절하고, 선하고, 정중하고,
 재치 있고, 관대하고, 용맹스러운 사내의 표시니까.
 내 모습 있는 그대로, 당신으로선 어림 반 푼어치도 없는
 모습 그대로, 한심스러운 천민!
 왜냐하면 내 손이 당신 목깃 위에서 찾을 영광 없는
 얼굴에는 전혀……
 (시라노가 그의 따귀를 때린다)

화난 사람 아야!

시라노 자긍심도, 비약도, 서정성도, 정취도, 번뜩임도,
 화려함도, 끝으로 코도 없으니까,
 내 장화가……
 (사내의 어깨를 잡아 돌려세우고 엉덩이를 걷어찬다)
 당신 등 아래에서 찾을 엉덩이와 마찬가지로!

화난 사람 (달아나며) 살려 줘! 경비!

시라노 내 얼굴 가운데가 재미있게 생겼다고 여길 구경꾼들에

게 내리는 경고야. 그리고 희롱하는 사람이 귀족이면 도망치게 내버려 두기 전에 엉덩이 반대쪽, 더 높은 곳에 잊지 못할 자국을 내주는 게 내 습관이지. 가죽이 아니라 쇠로!

드 기슈 (후작들과 함께 무대에서 내려와) 정말 짜증나게 만드는군!

드 발베르 자작 (어깨를 으쓱하며) 허풍을 떠는 겁니다!

드 기슈 누구 저자를 따끔하게 혼내 줄 사람 없나?

자작 아무도 없어? 기다리세요! 제가 혼쭐을 내주죠!

(그가 빤히 쳐다보고 있는 시라노에게 다가가 거들먹거리는 자세로 멈춰 선다) 당신…… 당신 말이야…… 음…… 아주 큰 코를 가졌군.

시라노 (심각하게) 아주 크지.

자작 (웃으며) 하!

시라노 (아무렇지도 않은 듯) ……그게 다요?

자작 그렇소…….

시라노 안 되지! 그건 너무 짧아, 젊은 양반! 그것 말고도…… 오! 맙소사! ……많은 것이 있었어.

(어조를 바꿔가면서) 예를 들어, 들어 보게나.

공격적인, 〈선생, 나한테 그런 코가 있었다면, 앞뒤 가리지 않고 당장 잘라 버렸을 거요!〉

우호적인, 〈찻잔에 코가 빠져 젖어 버릴 테니 굽이 달린 큰 잔 하나 마련하세요!〉

서술적인, 〈바위잖아! ……산봉우리잖아! ……곶이잖아! 곶이라니, 내가 무슨 소릴 하는 거야? ……반도야!〉

호기심 어린, 〈그 장방형의 피낭은 무엇에 쓰는 거죠, 필기대 아니면 가위 상자?〉

우아한, 〈가냘픈 다리들이 내려앉아 쉬도록 자상하게 횃대를 뻗어 줄 정도로 새들을 사랑하시나 보죠?〉

원색적인, 〈선생, 당신이 담배를 피울 때, 그 큰 콧구멍으로 담배 연기를 내뿜으면 이웃에서 불이 났다고 난리를 치지 않소?〉

자상한, 〈그 무게에 못 이겨 얼굴을 바닥에 처박지 않도록 조심하시오!〉

애정 어린, 〈햇볕에 색깔이 바래지 않도록 작은 양산을 하나 만들어 코에 걸치세요.〉

현학적인, 〈이마 아래 그렇게 많은 뼈와 살을 갖고 있는 동물은 아마 아리스토파네스가 이포캉펠레팡토카멜로스[28]라 부른 동물뿐일 거요.〉

호탕한, 〈어이, 친구, 그 갈고리 요즘 유행이오? 모자 걸어 두기에는 정말 안성맞춤이겠는걸!〉

과장된, 〈위풍당당한 코여, 북풍을 제외하고 어떠한 바람도 널 감기 들게 하진 못하겠구나!〉

극적인, 〈거기서 피가 흐르면 홍해를 이루겠군!〉

감탄 어린, 〈향수 가게엔 멋진 간판이 되겠네!〉

서정적인, 〈그거 소라고둥이에요? 당신 트리톤인가요?〉

---

28 Hippocampéléphantocamélos. 해마로 추정됨.

순진한, 〈그 기념물, 언제 방문할 수 있죠?〉
정중한, 〈인사하는 걸 용서하시오, 선생, 워낙 목 좋은 곳을 차지하고 있다 보니 어쩔 수 없이!〉
시골풍으로, 〈어이, 아자씨! 그게 코여? 아이구야! 큰 무인지 아니면 작은 멜론인지 도통 모르겠구먼!〉
군사적인, 〈기병대를 향해 조준!〉
실용적인, 〈그거 복권 당첨물로 걸겠소? 분명 한몫 단단히 잡을 텐데, 선생!〉
마지막으로 애통해하는 피람[29]을 패러디해,
〈주인의 얼굴에서 조화를 파괴한 바로 이 코! 그게 부끄러워 붉어지는구나, 배신자!〉
당신에게 약간의 문학적 소양과 재치만 있어도
나에게 대충 이 정도는 충분히 말했을 거요.
하지만, 오 형편없는 존재여, 당신에겐
재치라곤 단 한 톨도 없고, 아는 문자라곤
단 세 글자, 〈멍, 청, 이〉밖에 없소이다!
게다가 여기, 이 고귀한 분들 앞에서
당신이 시작의 반의 반의 반조차 내놓지 못한
이 모든 농담들로 날 즐겁게 해주는 데 필요한
상상력이 있기나 하오?
말솜씨가 제법인 나는 나 스스로 즐기오.
다른 이가 날 즐겁게 해주는 걸 허락지 않고.

---

29 오비디우스의 『변신 이야기』에 나오는 전설 속의 처녀. 연인 티스베가 사자에게 물려 죽은 줄 알고 자살한다.

드 기슈 (돌처럼 굳은 자작을 데려가려고 하며) 자작, 그만두게나!

자작 (화가 나 씩씩거리며) 뭐나 되는 것처럼 건방지게! 장갑조차 없는…… 시골…… 촌 귀족이! 리본도, 뷔페트[30]도, 장식 줄도 없이 외출하면서!

시라노 내가 가진 우아함은 정신적인 것이오.
경박한 귀족처럼 잡스런 치장을 하지 않소.
겉모습 치장은 덜해도 정성은 더 들이지.
나라면 게을러 깨끗이 씻지 않은 이마,
눈가에 아직 잠이 매달린 몽롱한 의식, 구겨진 명예,
거털 난 양심으로 외출하진 않을 거요.
번쩍이는 것은 아무것도 달지 않았지만
난 독립심과 솔직함을 장식 삼아 당당하게 걷소.
내가 코르셋으로 꼿꼿이 세우는 것은
늘씬한 허리가 아니라 내 영혼이오.
리본이 아니라 혁혁한 무공으로 장식을 하고,
콧수염과 더불어 정신을 말아 올린 채,
난 무리와 패거리들을 관통하며
진실이 박차처럼 울려 퍼지게 하오.

자작 하지만 이것 보시오…….

시라노 나더러 장갑이 없다고? ……시시하군! 나에게 한 켤레밖에 남지 않았는데…… 그것도 아주 낡은 걸로! 그것마

---

30 작고 볼록한 리본 매듭 장식.

저도 들고 다니기가 몹시 귀찮아 누군가의 얼굴에 던져 버렸소.

자작 불한당, 상놈, 우스꽝스러운 평발의 잡놈!

시라노 (자작이 자기소개를 한 것처럼 모자를 벗어 인사를 하며) 아, 그래요? ……난, 시라노-사바니앵-헤르퀼 드 베르주라크이올시다.

폭소.

자작 (불같이 화가 나) 광대!

시라노 (마치 쥐가 난 것처럼 비명을 지르며) 어이구, 아야!

자작 (무대 안쪽으로 올라가다 돌아보며) 또 뭐라는 거야?

시라노 (고통스러운 듯 인상을 쓰며) 뻣뻣해져서 좀 움직여 줘야겠소……. 한참 동안 안 쓰고 놔두었더니! ……아야!

자작 왜 그러시오?

시라노 내 검이 저려요!

자작 (자기 검을 뽑으며) 좋소!

시라노 당신을 위해 멋진 걸로 한 수 읊어 드리지.

자작 (경멸스럽다는 듯) 삼류 시인!

시라노 그렇소, 자작. 난 시인이오! 그러니 검을 겨루면서 ― 엇차! ― 당신을 위해 즉석에서 발라드 한 수를 지어 보이겠소.

자작 발라드?

시라노 그게 뭔지 짐작이 안 가는 모양이죠?

자작 이런…….

시라노 (강의하듯 읊조리며) 그러니까 발라드는 8행 3절과…….

자작 (발을 구르며) 오!

시라노 (계속 읊으며) 4행의 발구[31]로 구성되는 시로서…….

자작 당신 정말…….

시라노 내가 싸우면서 그 모든 걸 한꺼번에 짓고, 마지막 시구에서 당신을 찌르겠소, 자작.

자작 누구 맘대로!

시라노 누구 맘대로?

(낭송하며) 베르주라크 씨가 한 자작 나부랭이와 부르고뉴 성관에서 가진 결투의 발라드!

자작 그게 무슨 소린지 알 수 있겠소?

시라노 제목이오.

홀 전체 (극도의 흥분 상태에 빠져) 비켜! — 아주 재미있겠군! — 물러서! — 조용히 좀 해!

입석에 후작과 장교들이 부르주아, 평민들과 뒤섞여 원을 형성한다. 시종들이 더 잘 보기 위해 어깨 위로 기어 올라간다. 칸막이 좌석의 여자들은 모두 일어서 있다. 오른쪽에는 드 기슈와 귀족들, 왼쪽에는 르 브레, 라그노, 퀴지 등.

시라노 (잠시 눈을 감고) 잠깐만! 운을 고르는 중이오…….

---

31 헌정의 의미가 담기는 발라드의 마지막 절.

됐어, 골랐어.

(자신이 읊는 그대로 행동한다)

　　난 내 펠트 모자를 벗던지네, 우아하게.
　　나는 어깨에 두른 큰 망토를 벗어
　　바닥에 내려놓네, 천천히.
　　그리고 난 내 큰 칼을 뽑아드네,
　　셀라동[32]처럼 멋있게,
　　스카라무슈처럼 민첩하게.
　　친애하는 난쟁이 씨, 미리 경고하건대,
　　발구가 끝나는 즉시 당신을 찌를 거요!

결투가 시작된다.

시라노 당신은 중립을 지키고 있어야 했소.
　　어디를 찔러 드릴까, 멍청하신 분?
　　부풀린 위쪽 소매 아래, 허리?
　　푸른 장식 줄 아래, 심장?
　　불알이 딸랑거리네, 딩동!
　　내 칼끝이 날아다니네, 파리처럼!
　　결국…… 발구 끝에 내가 찌르는 것은
　　바로…… 당신의 뚱뚱한 배.
　　아쉽게도 아직 운 하나가 부족하네.

---

[32] 16세기 프랑스 소설가 오노레 뒤르페의 소설 『아스트레』의 주인공.

벌써 물러서나, 전분보다 더 창백해져서?
아니, 겁쟁이란 낱말을 떠올리게 하려 했군!
탁! 당신이 나에게 선물하고자 한
칼끝을 여유 있게 피하고,
내가 칼을 정조준해 날쌔게 뻗으면……
자네 브로치 잘 잡게, 라리동![33]
발구가 끝나면 내가 찌를 테니.
(그가 엄숙하게 예고한다)
왕자여, 주님께 용서를 빌라!
내가 발로 카르트[34] 자세를 잡고, 교전을 펼치고,
막고, 속이는 동작을 하고……
앞발을 쭉 뻗으며.
엇차! 여기, 이렇게,

자작이 비틀거리고, 시라노가 인사를 한다.

시라노 발구 끝에 내가 찔렀네.

환호. 칸막이 좌석에서 터져 나오는 박수 소리. 꽃과 손수건들이 비 오듯 떨어진다. 장교들이 시라노를 둘러싸고 축하의 말을 건넨다. 흥분한 라그노가 덩실덩실 춤을 춘다. 르 브레는 희비가 교차되는 표

---

33 부엌을 떠나지 않는 개에게 라퐁텐이 붙여 준 이름. 운을 맞추기 위해 빌려 온 것.
34 펜싱의 여덟 가지 자세 중 제4의 자세.

정을 짓고 있다. 자작의 친구들이 자작을 부축해 데리고 간다.

군중 (환호하며) 와!
한 기병 굉장하군!
한 여자 멋있어!
라그노 기막힌 솜씨야!
한 후작 ……참신해!
르 브레 미쳤어!

시라노를 에워싼 사람들. 〈잘하셨소〉, 〈축하하오〉, 〈브라보〉 등이 들려온다.

여자 목소리 영웅이야!
한 총사 (시라노에게 다가와 손을 내밀며) 선생, 악수를 청해도 되겠소? 나도 꽤 하지만 정말 멋진 장면이었소이다. 나도 통쾌하다 못해 발을 구르기까지 했다오!
(그가 돌아서서 간다)
시라노 (퀴지에게) 저 사람 이름이 뭐지?
퀴지 달타냥.[35]
르 브레 (시라노의 팔을 잡으며) ……얘기 좀 하세!
시라노 (사람들 나간 다음에 벨로즈에게) 나 여기 있어도 되나?
벨로즈 (공손하게) 얼마든지!

35 알렉상드르 뒤마의 소설 『삼총사』의 주인공.

밖에서 야유가 들려온다.

조들레 (나갔다 들어오며) 사람들이 몽플뢰리에게 야유를 퍼붓고 있어요!
벨로즈 (엄숙하게) 그렇게 사라지느니!
 (어조를 바꾸며 문지기와 샹들리에 양초 담당에게) 모두 내쫓고 문 잠그게. 불은 끄지 말고. 우린 식사한 후에 내일 공연할 새로운 익살극을 연습하러 오겠네.

조들레와 벨로즈가 시라노에게 허리 숙여 인사한 후에 나간다.

문지기 (시라노에게) 저녁 식사 안 하세요?
시라노 나? ……아니.

문지기가 물러간다.

르 브레 (시라노에게) 왜 안 하나?
시라노 (당당하게) 왜냐하면……
 (문지기가 멀어진 것을 보고는 어조를 바꾸며) 땡전 한 푼 없으니까!
르 브레 (돈주머니를 던지는 시늉을 하며) 뭐라고? 그럼 아까 그게?
시라노 한 달치 숙식비를 하루 만에 날려 버렸네!
르 브레 그럼, 한 달 동안 먹고살 건?

시라노 아무것도 안 남았어.

르 브레 그 돈주머니를 던지다니, 그런 바보짓이!

시라노 얼마나 멋진가!

음료 장수 (계산대 뒤에서 헛기침을 하며) ······흠!

(시라노와 르 브레가 돌아본다. 그녀가 머뭇거리며 다가온다) 선생님······ 굶고 계시다는 말을 들으니······ 가슴이 찢어지는 것 같아서······

(매점을 가리키며) 저한테 필요한 게 모두 있으니······

(열정적으로) 드세요!

시라노 (모자를 벗으며) 내 친절한 아가씨, 가스코뉴 사내의 자존심이 당신의 손가락에서 단 한 가지 음식도 받아들여서는 안 된다고 명하지만, 거절이 당신에겐 슬픔이 될까 봐 몹시 두렵구려. 따라서 나는 받아들이겠소······.

(매점으로 가 먹을 것을 고른다) 오! 아주 약간만! 예를 들면 이 포도 한 알······

(그녀가 송이째 주려 한다. 그가 단 한 알만 딴다) 딱 한 알만! 이 물 잔······

(그녀가 포도주를 따라 주려 하지만 그가 막는다) 아니, 맹물! 그리고 마카롱 반쪽!

(그가 반을 잘라 돌려준다)

르 브레 말도 안 돼!

음료 장수 오! 다른 것도 좀!

시라노 그래요, 입 맞출 손도.

(그녀가 내미는 손을 마치 공주 손처럼 잡고 입을 맞춘다)

음료 장수 고마워요.
 (절을 하며) 그럼 좋은 밤 되세요.

음료 장수가 나간다.

제5장

시라노, 르 브레 뒤이어 문지기.

시라노 (르 브레에게) 할 말이 뭔지 해보게.
 (매점으로 가 마카롱을 앞에 놓으며) 저녁거리!
 (물 잔을 놓으며) 음료!
 (포도 알을 놓으며) 후식!
 (그리고 앉는다) 여기가 내 식탁일세! 아! ……정말이지 배가 고파 죽는 줄 알았네, 친구!
 (먹으며) 자네, 뭐라고 그랬지?
르 브레 그 호전적인 허풍쟁이들만 상대하다가는 자네 정신도 물들고 말 거라고 했네! 어디 한번 양식 있는 사람들에게 가서 자네의 호통이 불러일으킨 파장에 대해 물어 보게.
시라노 (마카롱을 마저 먹으며) 엄청 컸겠지.
르 브레 추기경께서……
시라노 (환한 표정으로) 추기경도 왔었나?
르 브레 그 소란에 대해……

시라노 아주 독창적이라고 생각했겠지.

르 브레 하지만……

시라노 그분도 작가일세. 동료 작가의 공연을 방해하는 게 탐탁할 리는 없겠지.

르 브레 자넨 정말이지 적을 너무 많이 만들어!

시라노 (포도 알을 집어먹으며) 오늘 밤에는 대충 몇 명이나 새로 생긴 것 같나?

르 브레 마흔여덟 명, 여자들은 제외하고.

시라노 어디 한번 세어 보게나!

르 브레 몽플뢰리, 그 부르주아, 드 기슈, 자작, 바로, 아카데미……

시라노 그만! 그것으로도 충분히 황홀하니까!

르 브레 도대체 어쩌려고 그렇게 사나? 무슨 심산으로?

시라노 난 미로 같은 세상을 헤매어 다녔네. 너무 복잡해 어느 편에 서야 할지 알 수가 없었지. 그래서 택했네…….

르 브레 어떤 걸?

시라노 더없이 간단한 거. 난 모든 면에서 감탄의 대상이 되기로 마음먹었네!

르 브레 (어깨를 으쓱하며) 좋아! 하지만 몽플뢰리를 그토록 미워하는 진짜 이유를 내게만은 슬쩍 귀띔해 주게!

시라노 (일어서며) 그 사티로스는

> 배꼽에 손가락이 닿지 않을 정도로 배가 나왔으면서도
> 자신이 여자들에게 부드러운 위험이 된다고 믿고 있네.
> 그래서 무대에 서면 알아들을 수 없게 웅얼거리면서도

여자들에겐 그 개구리 왕 눈으로 추파를 던진다네!
내가 그 인간을 미워하는 건 어느 날 저녁 그가 감히
그녀에게 음험한 눈길을 던진 다음부터라네…….
오! 마치 흉물스런 민달팽이가 꽃잎을 훑고
지나가는 것 같았다네!

르 브레 (깜짝 놀라) 엥? 뭐라고? ……어떻게 그런 일이 가능하지?

시라노 (씁쓸하게 웃으며) ……내가 사랑에 빠진 게?
(어조를 바꾸며 진지하게) 그래, 내가 사랑에 빠졌네.

르 브레 누군지 알 수 있겠나? ……나한텐 일언반구도 안 했잖아?

시라노 내가 누굴 사랑하느냐고? ……잘 생각해 보게.
어딜 가든 나보다 15분은 앞서 가는 이 코가 있는 한,
추녀한테 사랑받는 것조차 나에겐 꿈이나 다름없네.
그런데 내가 누굴 사랑하느냐고? ……뻔한 것 아닌가!
난 세상에서 가장 아름다운 여인을 사랑하네!

르 브레 ……가장 아름다운 여인?

시라노 그렇다네, 세상에서 가장 아름다운 여인! 가장 눈부시고, 가장 섬세하고,
(비탄에 잠겨) 가장 아름다운 금발을 가진 여인!

르 브레 오! 맙소사, 그 여인이 도대체 누군가?

시라노 원치 않아도 치명적이고,
생각지 않아도 매력적인 위험,
사랑이 매복해 있는 자연의 덫, 붉은 장미!

그녀의 미소를 본 자는 완벽함을 본 것이라네.
그녀는 무(無)로 우아함을 만들고,
하찮은 몸짓에도 모든 신성(神性)을 담는다네.
비너스여, 너도 조개껍질에 오르지 못할 것이고,
디아나여, 너도 꽃으로 뒤덮인 숲을 나아가지
못하리라, 가마에 올라 파리를 나아가는 그녀처럼은!

르 브레 맞아! 이제 알겠어. 바로 그녀야!

시라노 두말하면 잔소리.

르 브레 마그들렌 로뱅, 자네 사촌?

시라노 그래, 록산.

르 브레 잘됐네그려! 그녀를 사랑한다고? 그럼 그렇다고 말하게! 그녀가 보기에 오늘 자넨 영광 그 자체였으니까!

시라노 날 보게, 친구. 그리고 이 흉측한 돌기가
나에게 어떤 희망을 남겨 줄 수 있을지 말해 보게.
오! 난 환상을 품지 않는다네! 제기랄, 그래,
가끔 우울한 밤이면 나 자신이 측은해지기도 하지.
그러면 꽃향기 가득한 정원으로 들어가
이 빌어먹을 가엾은 큰 코로 4월의 향기를 맡는다네.
그리고 은빛 광선 아래,
기사의 팔에 매달려 거니는 여인을 눈으로 좇으며,
나 역시 여자와 팔짱을 낀 채 달빛 속을
거닐었으면 좋겠다는 생각을 하지.
나는 마음이 들떠 까맣게 잊지……. 그리고 갑자기
정원 벽에 비친 내 옆모습의 그림자를 본다네!

르 브레 (감동한 표정으로) ……친구!

시라노 친구, 나한테도 견디기 힘든 시간들이 있네! 내가 너무나 못생겼다고, 너무나 외롭다고 느껴지는……

르 브레 (시라노의 손을 덥석 잡으며) 자네 우나?

시라노 아니, 눈물 따윈 결코! 아니, 너무나 흉할 걸세,
이 코를 따라 눈물이 흐른다면!
내가 주인으로 남아 있는 한,
눈물의 신성한 아름다움이 범해지는 것을
용납하지 않을 걸세, 이 천박한 추함에! 알겠나,
눈물보다 숭고한 것은 아무것도 없다네, 아무것도.
난 추호도 원치 않네, 눈물 한 방울이라도
나 때문에 웃음거리가 되는 것을!

르 브레 너무 슬퍼 말게! 사랑은 우연에 불과하니까!

시라노 (고개를 저으며) 아닐세! 난 클레오파트라를 사랑하네. 내가 카이사르처럼 생겼는가? 난 베레니스를 숭배하네. 그렇다고 내가 티트³⁶처럼 보이는가?

르 브레 하지만 자네 용기! 자네 재치가 있잖은가. 아까 자네에게 초라한 식사를 제공했던 그 아가씨, 자네도 봤지 않나, 그 아가씨의 눈은 결코 자네를 혐오스러워하지 않았네!

시라노 (깜짝 놀라며) 맞아!

르 브레 그것 보게! 어떤가? ……그리고 록산, 그녀도 창백한

---

36 17세기의 대표적 극작가 라신과 코르네유가 동일한 주제로 쓴 비극, 『티트와 베레니스 *Tite et Bérénice*』의 두 주인공. 로마 황제인 티트(티투스)와 팔레스타인 왕비인 베레니스(베레니케)가 비극적인 사랑을 나눈다.

얼굴로 자네의 결투를 바라봤네!

시라노 창백한 얼굴로?

르 브레 그녀의 가슴과 정신이 이미 놀란 상태였어! 용기를 내서 그녀에게 말하게…….

시라노 내 코에 대고 비웃으라고? 안 되네! 그게 내가 세상에서 두려워하는 유일한 것일세!

문지기 (누군가를 데려오며 시라노에게) 선생님, 누가 찾아와서……

시라노 (뒤에뉴를 보고는) 오! 맙소사! 그녀의 뒤에뉴야!

제6장

시라노, 르 브레, 뒤에뉴.

뒤에뉴 (큰절을 하며) 저희 아가씨께서 용맹스런 사촌을 어디서 단둘이 만날 수 있을지 알고 싶어 하십니다.

시라노 (어쩔 줄 몰라 하며) 나를 만난다고?

뒤에뉴 (절을 하며) 예, 당신을. 하실 얘기가 있답니다.

시라노 하실?

뒤에뉴 (다시 절을 하며) 얘기!

시라노 (비틀거리며) 오! 맙소사!

뒤에뉴 아가씨는 내일 새벽에 생로슈 성당으로 미사를 드리러 가실 예정입니다.

시라노 (르 브레에게 기대며) 아! 맙소사!

뒤에뉴 미사 후에 어디서 잠시 얘길 나눌 수 있을는지요?

시라노 (허둥대며) 어디서? 난…… 하지만…… 오! 맙소사!

뒤에뉴 빨리 말씀해 주세요.

시라노 생각 중이오!

뒤에뉴 ……어디서?

시라노 어디…… 어디냐 하면…… 라그노의…… 가게에서…….

뒤에뉴 그게 어디죠?

시라노 그게 그러니까 ─ 아! 맙소사, 맙소사! ─ 생토노레 거리!

뒤에뉴 (돌아가며) 거기서 뵙죠. 일곱시에.

시라노 그럽시다.

뒤에뉴가 나간다.

제7장

시라노, 르 브레, 뒤이어 남녀 배우들, 퀴지, 브리사이, 리니에르, 문지기, 바이올린 주자들.

시라노 (르 브레의 품에 쓰러지듯 안기며) 내가! ……그녀와! ……밀회를!

르 브레 어때! 이제 더는 슬프지 않은가?

시라노 아! 어쨌거나 그녀는 내가 존재한다는 걸 알고 있어!
르 브레 어때, 이젠 좀 얌전해질 텐가?
시라노 (감격에 겨워) 이젠…… 아니, 난 벼락처럼 격렬해질 걸세. 지금 나한테는 패퇴시킬 부대 전체가 필요해! 나한텐 지금 열 개의 심장과 스무 개의 팔이 있네. 난쟁이들을 베는 것으론 충분치 않아…….
(고래고래 소리를 지른다) 나한텐 거인들이 필요해!

얼마 전부터 무대 안쪽에서 배우들의 그림자가 오락가락하며 수군거린다. 그들이 연습을 시작한다. 바이올린 주자들이 자리를 잡는다.

한 목소리 (무대에서) 어이! 거기! 좀 조용히 해요! 연습하고 있잖아요!
시라노 (웃으며) 갈 거야!

시라노가 나가려는데, 안쪽의 커다란 문을 통해 퀴지, 브리사이 그리고 장교 몇 명이 완전히 취한 리니에르를 부축하고 들어온다.

퀴지 시라노!
시라노 누군가?
퀴지 코가 비뚤어지게 취한 친구 하나 데려왔네!
시라노 (그를 알아보며) 리니에르! ……어떻게 된 일인가?
퀴지 그가 자넬 찾고 있었어!
브리사이 그는 집에 돌아갈 수 없는 처질세!

시라노 왜?

리니에르 (완전히 구겨진 쪽지를 보여 주며 취한 목소리로) 이 쪽지에 쓰여 있어…… 백 명이 나 하나 죽이려고…… 노래…… 때문에…… 크나큰 위험이 날 노리고 있어…… 넬 문에서…… 집에 가려면 그곳을 지나야 하는데…… 그러니까 자러 가게 해줘…… 자네 집에!

시라노 백 명이라고 했나? 자넨 자네 집에서 자게 될 걸세.

리니에르 (질겁하며) 하지만…….

시라노 (문지기가 들고 있는 초롱을 가리키며 쩌렁쩌렁한 목소리로) 저 초롱을 들게!

(리니에르가 황급히 초롱을 든다)

그리고 앞장서게! 내 맹세하지, 오늘밤 내가 자네를 보호해 주겠다고!

(장교들에게) 자네들은 멀찍이 떨어져서 따라오게. 증인으로 말이야!

퀴지 ……하지만 백 명이나 된다는데!

시라노 오늘밤, 나한테 그 정도는 있어야 해!

남녀 배우들이 다양한 옷차림으로 무대에서 내려와 다가온다.

르 브레 하지만 뭐 하러 보호하나…….

시라노 르 브레가 또 투덜거리는군!

르 브레 저 하찮은 술꾼을?

시라노 (리니에르의 어깨를 치며) 왜냐하면 이 술꾼,

이 사향 포도주 술통, 로솔리[37] 나무통이
어느 날 아주 멋들어진 일을 했으니까.
어느 날 미사를 보고 나오다가 사랑하는 여자가
의식에 따라 성수를 뜨는 것을 보고는
물이라면 질색하는 그가 성수반으로 달려가
그 소라고둥에 몸을 숙이고 몽땅 마셔 버렸다네!

한 여배우 (하녀 복장을 하고) 어머, 멋져라!

시라노 그렇지, 하녀?

여배우 (다른 사람들에게) 그런데 왜 백 명이 불쌍한 시인 한 명을 노리죠?

시라노 갑시다!

(장교들에게) 그리고 자네들은 그냥 보기만 하게. 내가 어떤 위험에 처하더라도 나서지 말게!

또 다른 여배우 (무대에서 뛰어 내려오며) 오! 나도 구경하러 갈래!

시라노 갑시다!

또 다른 여배우 (역시 뛰어 내려오며 늙은 남자 배우에게) 안 가요, 카상드르?

시라노 다들 갑시다, 박사, 이자벨, 레앙드르, 모두!
미친 듯이 쾌활한 매력적인 무리여, 당신들은
그 스페인 드라마에 이탈리아 익살극을 더하고,
기괴한 소리를 내며 코를 골아 대는 관객을

---

37 이탈리아 나터키에서 주로 만든 장미, 오렌지 꽃잎 술.

방울 달린 바스크 북으로 깨우게 될 거요!
모든 여자들 (기뻐 날뛰며) 브라보! 빨리, 내 외투! 내 두건!
조들레 갑시다!
시라노 (바이올린 연주자들에게) 당신들은 가락을 연주해 주시오, 바이올린 연주자님들!

바이올린 연주자들도 일행에 합류한다. 사람들이 난간에 켜져 있는 초를 집어 서로 나눠 준다. 이렇게 해서 무리는 야간 촛불 행렬을 이룬다.

시라노 브라보! 장교들, 무대의상 차림의 여인들,
그리고 스무 보 앞으로…….
(자신이 말한 대로 이동한다)
영광이 직접 깃털을 꽂아 준 이 펠트 모자를 쓰고
오로지 나 혼자, 스키피오 가문[38]의 명장들처럼
당당하게! 알겠소? 나를 도와주는 건 절대 금지요!
준비됐소? ……하나, 둘, 셋! 문지기, 문을 활짝 열어!

문지기가 문을 활짝 열어젖힌다. 달빛에 젖은 정취 그윽한 파리의 한 구역이 나타난다.

시라노 아! ……파리가 밤안개에 젖어 달아나고 있구나.

38 카르타고를 멸망시킨 로마의 명장 가문.

환한 달빛이 푸른 기와를 타고 흐르는구나.
유례없는 결투를 위한 멋진 무대가 준비되고 있다.
저기, 하늘거리는 스카프 같은 안개 아래 센 강이
신비롭고 마술적인 거울처럼 떨고 있구나…….
당신들은 마땅히 보게 될 것을 보게 되리라!

모두 넬 문으로!

시라노 (문턱에 서서) 넬 문으로!

(문을 나서기 전에 돌아보며 하녀 차림의 여배우에게) 아가씨, 아까 왜 백 명이 시인 하나를 노리는지 묻지 않았소? (검을 뽑고 차분한 목소리로) 그건 그가 내 친구라는 걸 그들이 알기 때문이오!

시라노가 나간다. 비틀거리는 리니에르를 필두로 장교들의 팔짱을 낀 여배우들, 신이 난 남자 배우들이 희미한 촛불을 손에 들고 바이올린 가락에 맞춰 어둠 속을 행진하기 시작한다.

막

제2막

시인들의 구이 가게

생토노레 가와 라르브르세크 가 모퉁이에 위치한 제과 요리사 겸 구이 전문가 라그노의 가게, 유리창을 통해 새벽 여명에 잠겨 있는 안쪽의 넓은 작업실이 들여다보인다.

왼쪽, 무대 전면, 연마한 쇠로 만든 닫집에 거위, 오리, 흰 공작들이 줄줄이 걸려 있는 판매대. 여러 개의 자기 화병에 노란 해바라기가 주종인 키 큰 소박한 꽃들이 꽂혀 있다. 같은 쪽, 무대 후면, 거대한 벽난로 앞, 쇠 받침대들 위에 냄비가 하나씩 걸려 있고, 기름 받는 그릇들 위에서 익어 가는 고기들이 눈물을 흘리고 있다.

오른쪽, 무대 전면에 문이 보인다. 무대 후면, 작은 다락방으로 나 있는 층계가 있고, 열린 덧창문을 통해 다락방 내부가 들여다보인다. 방 안에 식탁이 차려져 있고, 작은 플랑드르 샹들리에가 식탁을 밝히고 있다. 이제 곧 사람들이 먹고 마실 작은 골방이다. 층계를 올라가면 나오는 나무 회랑을 따라 이와 같은 작은 방들이 여러 개 있는 것처럼 보인다.

가게 한가운데, 줄을 매달아 올리거나 내릴 수 있게 만든, 샹들리에처럼 생긴 원형의 철제 구조물에 커다란 사냥감들이 줄줄이 매달려 있다. 층계 아래 어둠 속에서 화덕들이 붉게 타오르고 있다. 구리 냄비들이 번들거리고, 꼬치들이 돌아간다. 데커레이션케이크들이 피라미드 형태로 쌓여 있고, 햄들이 매달려 있다. 아침 요리로 한창 바쁜 시간이다. 땀을 뻘뻘 흘리는 뚱뚱한 요리사들 사이로 홀쭉한 조수들이 서로 부딪쳐 가며 분주하게 오간다. 암탉이나 뿔닭 날개 깃털로 장식된 모자들의 난무. 사람들이 철판과 광주리에 꼬치와 쿠키들을 담아 나른다.

식탁들이 구이와 과자들로 뒤덮인다. 의자로 둘러싸인 다른 식탁들도 먹고 마실 사람들을 기다리고 있다. 구석에 있는 작은 식탁 하나가 종이들로 뒤덮여 있다. 막이 오르고, 라그노가 그 식탁에 앉아 글을 쓰고 있다.

제1장

라그노, 가게 요리사들, 뒤이어 리즈.
라그노가 영감에 찬 표정으로 작은 탁자에 앉아 손가락으로 음절 수를 세어 가며 글을 쓰고 있다.

첫 번째 요리사 (케이크를 들고 와 보여 주며) 누가로 만든 과일들!
두 번째 요리사 (접시를 들고 와 보여 주며) 플랑!
세 번째 요리사 (깃털로 장식한 구이를 가져와 보여 주며) 공작!

네 번째 요리사 (과자 판을 들고 와 보여 주며) 루앵솔!

다섯 번째 요리사 (테린[1]을 들고 와 보여 주며) 쇠고기 찜!

라그노 (글쓰기를 멈추고 고개를 들며)

　　구리 그릇 위로 이미, 새벽 은빛 여명이 미끄러지는구나!
　　라그노여, 네 안에서 노래하는 신의 입을 다물게 하라!
　　류트의 시간은 다시 올 것이니, 지금은 화덕의 시간이다!
　　(일어나 한 요리사에게)
　　자네, 이 소스 좀 길게 늘이게나. 너무 짧아!

다섯 번째 요리사 얼마나?

라그노 세 피에.[2]

다섯 번째 요리사 엥!

첫 번째 요리사 타르트!

두 번째 요리사 투르트![3]

라그노 (벽난로 앞에서) 나의 뮤즈여, 멀찌감치 물러서구려, 그 매력적인 두 눈이 이 나뭇가지들이 뿜는 연기에 붉게 충혈되지 않도록!

　　(빵들을 가리키며 한 요리사에게) 이 미슈[4]들에 낸 칼집의 위치가 틀렸네. 세쥐르[5] 한가운데, 에미스티슈[6] 사이에 냈어야지!

---

1 파테를 만드는 뚜껑 달린 도제 용기. 또는 그 용기에 담아 조리한 파테. 파테는 고기나 생선 구운 것을 파이 껍질로 싸서 구운 요리를 말한다.
2 일반 명사로 〈발〉을 뜻하는 〈피에 *pied*〉는 영어의 피트와 유사한 길이 단위이지만, 시에서는 〈음절〉을 뜻한다. 여기서는 중의적인 의미로 쓰였다.
3 타르트는 파이를 뜻하고, 투르트는 파이처럼 생긴 둥근 과자를 뜻한다. 두 단어 모두 세 음절(피에)이다.
4 둥그스름하게 생긴 큰 빵.

(미완성의 파테를 가리키며 다른 요리사에게) 자네, 그 크루트[7]의 궁궐에는 지붕을 씌워야지…….

(바닥에 앉아 가금을 꼬치에 꿰고 있는 젊은 수습 요리사에게) 어이, 자네, 그 끝없는 꼬치에는 말이지, 늙은 시인 말레르브[8]가 긴 시구와 짧은 시구를 번갈아 썼듯, 초라한 닭과 위풍당당한 칠면조를 번갈아 꿰어 구이의 시절(詩節)들을 불 위에서 돌아가게 해야 하네.

또 다른 수습 요리사 (뚜껑을 덮은 쟁반을 들고 다가오며) 주인님, 당신을 생각하며 화덕에 이것을 구웠습니다. 부디 마음에 드셨으면…….

(그가 뚜껑을 열자, 반죽을 구워 만든 커다란 리라가 나타난다)

라그노 (감격에 겨워) 리라잖아!

수습 요리사 브리오슈[9]용 반죽으로 만들었어요.

라그노 (감격에 겨워) 설탕에 절인 과일과 함께!

수습 요리사 줄은 설탕을 녹여 만들었죠.

라그노 (그에게 돈을 쥐여 주며) 어디 가서 내 건강을 위해 한잔하게나!

(가게로 들어서는 리즈를 보고는) 쉿! 내 마누라야! 어서 가

---

5 시의 중간 휴지.
6 12음절 시구(알렉상드랭)의 반구. 넓은 의미로는 세쥐르와 유사하다.
7 파테의 딱딱한 껍질.
8 François de Malherbe(1555~1628). 프랑스 서정 시인. 만년에는 앙리 4세와 루이 13세의 보호 아래 궁정 시인으로 활약했다. 고전주의의 선구자로 알려져 있다.
9 둥글게 부푼 모양에 작은 꼭지가 달린 빵.

게, 돈은 빨리 감추고!

(어색한 표정으로 리라를 가리키며 리즈에게) 예쁘지?

리즈 우스꽝스러워요!

(판매대에 종이봉투 더미를 올려놓는다)

라그노 종이봉투? ……좋아, 고마워.

(그가 그것들을 쳐다본다) 맙소사! 내가 아끼는 책들! 내 친구들의 시구들! 그것들을 갈가리 찢고 접어 바삭바삭한 과자들을 담는 봉투를 만들다니……. 아! 당신은 그 탕녀들처럼 오르페우스를 박대하는구려!

리즈 (냉랭하게) 어디서 굴러먹다 왔는지 모를 당신의 그 잘난 시인들이 실컷 먹고 유일하게 남겨 두고 가는 걸 좋을 대로 사용할 권리가 내게 없단 말이에요!

라그노 악질! ……그 신성한 매미들을 욕하지 마시오!

리즈 그 사람들하고 어울리기 전에는 당신은 날 탕녀라고 부르지 않았어요. 악질이라고도!

라그노 시구들로 저런 짓을!

리즈 요긴하게 쓸 수 있잖아요.

라그노 그럼 산문으로는 뭘 하시오, 부인?

제2장

같은 인물들, 막 가게로 들어온 두 아이.

라그노 뭘 줄까, 애들아?

첫 번째 아이 파테 세 개요.

라그노 (파테를 골라 주며) 잘 익어 노릇노릇하고…… 따끈따끈한 걸로 주마.

두 번째 아이 죄송하지만 좀 싸주시겠어요?

라그노 (난감해하며 혼잣말로) 아뿔싸! 내 종이봉투!

(아이들에게) 이것들을 싸달라고?

(종이봉투 하나를 집어 파테들을 넣으며 읽는다) 〈오디세우스가 페넬로페와 헤어지던 날……〉 이건 안 돼!

(그 봉투를 한쪽에 치워 두고 다른 봉투를 집는다. 그러고는 파테들을 넣으며 또다시 읽는다) 〈금발의 포이보스가……〉 이것도 안 돼!

(그것도 한쪽으로 치워 둔다)

리즈 (안달하며) 아이 참! 뭐하는 거예요!

라그노 됐어, 됐다고!

(세 번째 봉투를 집은 그가 체념한 듯 말한다)「필리스에게 바치는 소네트」! ……정말 가슴 아픈 노릇이군!

리즈 다행히도 마침내 결정을 내리셨군!

(어깨를 으쓱하며) 답답한 양반!

(의자에 올라가 식기대에 놓인 접시들을 정돈하기 시작한다)

라그노 (리즈가 등을 돌린 틈을 타 문을 나서는 아이들을 부른다) 어이! ……애들아!「필리스에게 바치는 소네트」를 돌려주렴. 대신 파테를 세 개 더 끼워 주마.

(아이들이 그에게 봉투를 돌려주고 잽싸게 파테를 받아 가게

를 나선다. 라그노가 구겨진 부분을 펴며 읊조리기 시작한다)
〈필리스여……〉 이 부드러운 이름에 버터 자국이!
〈필리스여…….〉

시라노가 불쑥 들어온다.

제3장

라그노, 리즈, 시라노, 나중에 총사.

시라노 지금 몇 시나 됐지?
라그노 (정중하게 인사를 하며) 여섯시요.
시라노 (흥분을 감추지 못하며) 이제 한 시간 후면!
 (가게 안을 오락가락한다)
라그노 (그를 졸졸 따라다니며) 브라보! 저도 봤어요…….
시라노 뭘?
라그노 ……당신의 결투!
시라노 어떤 거?
라그노 부르고뉴 성관의 결투!
시라노 (별것 아니라는 듯) ……아! 그 결투!
라그노 (찬탄을 금치 못하며) 그래요, 시구로 싸운 결투!
리즈 입만 열었다 하면 그 얘기라니까!
시라노 저런! 잘됐군!

라그노 (쇠꼬챙이를 집어 결투를 하는 시늉을 하며) 〈발구 끝에 내가 찔렀네! 발구 끝에 내가 찔렀네!〉 얼마나 멋있던지!
(점점 더 신이 나서) 〈발구 끝에……〉

시라노 지금 몇 시지, 라그노?

라그노 (한쪽 다리를 앞으로 뻗은 채 시계를 바라보며) 6시 5분! 〈……내가 찔렀네!〉
(몸을 일으키며) ……오! 결투에 발라드라니!

리즈 (판매대 앞을 지나가다 우연히 다친 손을 보고는 시라노에게) 손이 왜 이래요?

시라노 아무것도. 칼에 살짝 벤 걸세.

라그노 위험에 처했었나요?

시라노 위험은 무슨…….

리즈 (손가락으로 그를 위협하며) 거짓말 말아요!

시라노 내 코가 요동치기라도 했나? 어마어마한 거짓말이 아니고서야 그럴 리가!
(어조를 바꾸며) 이리로 누군가가 오기로 되어 있네. 내가 바람맞지 않는다면 우릴 단둘이 있게 해주게.

라그노 그건 곤란해요. 우리 시인들이 곧 들이닥칠 텐데…….

리즈 (비꼬듯이) 아침 식사를 하기 위해.

시라노 내가 신호를 하면 다들 내보내게……. 몇 시?

라그노 6시 10분.

시라노 (안절부절 못하다 라그노의 탁자에 앉아 종이를 집으며) 깃펜 있나?

라그노 (귀에 꽂고 있던 것을 내밀며) 백조 깃털이에요.

한 총사 (멋진 콧수염을 자랑하며 들어와 우렁찬 목소리로) 안녕하시오!

리즈가 그에게로 급히 달려간다.

시라노 (돌아보며) 저 사람은 누구지?
라그노 제 아내 친구요. 무시무시한 전사랍니다. 자기 말로는!
시라노 (라그노에게 물러나 있으라는 손짓을 하고는 다시 펜을 잡으며) 쉿!
(자기 자신에게) 쓰고, 접고, 그녀에게 건네고, 달아난다…….
(펜을 던지며) 비겁한 놈! ……하지만 난 죽어도 좋아, 감히 그녀에게 말을 한다면, 단 한마디라도 한다면…….
(라그노에게) 몇 시?
라그노 6시 15분!
시라노 (자기 가슴을 치며) 여기 담겨 있는 모든 말 중 단 한 마디라도! 편지를 쓰다 보면…….
(다시 펜을 쥔다) 그래, 써버리자, 완벽하도록 마음속으로 수백 번도 더 고쳐 썼던 그 사랑의 편지를. 종이 옆에 내 영혼을 내려 두고 그것을 베껴 쓰기만 하면 될 거야.

시라노가 글을 쓰기 시작한다. 문의 창유리 뒤로 야윈 실루엣들이 망설이며 오락가락하는 것이 보인다.

제4장

라그노, 리즈, 총사, 작은 탁자에서 편지를 쓰는 시라노, 검은 옷차림에 진흙으로 뒤덮인, 축 늘어진 양말을 신은 시인들.

리즈 (들어오며 라그노에게) 당신 진흙투성이들 왔어요!
첫 번째 시인 (들어오며 라그노에게) 동료여!
두 번째 시인 (그의 손을 잡고 흔들며) 친애하는 동료여!
세 번째 시인 제과 요리사들의 독수리여!
 (코를 킁킁거리며 냄새를 맡는다) 당신의 둥우리는 좋은 냄새로 가득하구려.
네 번째 시인 오 제과계의 포이보스여!
다섯 번째 시인 요리장 아폴로!
라그노 (시인들에게 둘러싸여 포옹과 악수를 받으며) 이들과 함께 있으면 금세 마음이 편안해진다니까!
첫 번째 시인 넬 문에 밀집한 사람들 때문에 길이 막혀 이렇게 늦었소!
두 번째 시인 칼에 찔린 여덟 명의 불한당이 피투성이가 되어 길바닥을 장식하고 있더이다!
시라노 (잠시 고개를 들며) 여덟? ……이런, 난 일곱인 줄 알았는데.
 (다시 편지에 몰두한다)
라그노 (시라노에게) 그 싸움의 영웅이 누군지 아세요?
시라노 (건성으로) 나? ……아닐세!

리즈 (총사에게) 그럼, 당신이세요?

총사 (콧수염을 배배 꼬며) 아마도!

시라노 (편지를 쓰며 혼잣말로) 때로는 속삭이는 소리를 듣는 다오. 당신을 사랑하오…….

첫 번째 시인 사람들 말로는, 단 한 사람이 패거리 모두를 쫓아 버렸답니다!

두 번째 시인 오! 정말 신기한 일이었어! 창과 몽둥이들이 바닥에 잔뜩 뒹굴어 다니더라고!

시라노 (편지를 쓰며) 당신의 눈……

세 번째 시인 오르페브르 둑까지 모자들이 널려 있더래요!

첫 번째 시인 제기랄! 이번 무공의 주인공은 분명……

시라노 (여전히 편지를 쓰며) 당신의 입술……

첫 번째 시인 아주 무시무시한 거인일 거야!

시라노 (계속 편지를 쓰며) ……그리고 나는 당신을 보는 순간 두려움에 질려 기절하고 말 거요.

두 번째 시인 (케이크를 자르며) 이번에는 어떤 새로운 운을 찾아냈소, 라그노?

시라노 (여전히 편지를 쓰며) 당신을 사랑하는……
(서명을 하려다 말고 일어나 편지를 저고리에 넣는다) 서명을 할 필요는 없어. 내가 직접 줄 거니까.

라그노 (두 번째 시인에게) 조리법에 운을 달아 봤소.

세 번째 시인 (슈크림 쟁반 옆으로 슬금슬금 다가가 앉으며) 어디 한번 들려주시구려!

다섯 번째 시인 (브리오슈 하나를 집어 바라보며) 이 브리오슈는 모자를 비뚤게 썼구먼.

(꼭지 부분을 덥석 베어 먹는다)

첫 번째 시인 이 양념 빵이 안젤리카 눈썹 아래 아몬드 눈으로 애처로운 듯 굶주린 시인을 바라보는구나!

(양념 빵 한 조각을 잘라 낸다)

두 번째 시인 어디 한번 읊어 보시오.

세 번째 시인 (손가락으로 슈크림 빵을 살짝 누르며) 이 슈가 크림을 흘리는군. 웃는 모양이야.

두 번째 시인 (커다란 리라를 베어 물며) 처음으로 리라가 날 먹여 살리는구나!

라그노 (목소리를 가다듬고, 모자를 고쳐 쓰고, 자세를 잡고, 시를 읊을 준비를 한 후에) 운문으로 된 조리법…….

두 번째 시인 (팔꿈치로 툭툭 치며 첫 번째 시인에게) 자네 점심 식사 하나?

첫 번째 시인 (두 번째 시인에게) 자넨 아예 저녁까지 먹는군!

라그노 작은 아망딘 파이 만드는 법.

힘껏 저어라, 계란 몇 알에 거품이 일 때까지.
그 거품에 섞어라, 잘 고른 시트롱 주스를.
거기다 부어라, 신선하고 연한 아몬드 우유를.
플랑 반죽을 꼭꼭 다져 넣어라,
삐져나오지 않도록 앙증맞은 작은 파이 틀 속에,
민첩한 손가락으로 얹어라,
어여쁜 살구를 예쁜 모양이 비뚤어지지 않도록.
그 옴폭한 곳에 계란 무스를 붓고 화덕에 넣어

노릇노릇하게 익도록 기다렸다가
콧노래 흥얼거리며 즐겁게 꺼내면
그것이 바로 작은 아망딘 파이들이라!

시인들 (음식이 가득한 입으로) 절묘하군! 기가 막혀!
한 시인 (사레가 들려) 켁켁!

시인들이 음식을 씹으며 무대 안쪽으로 올라간다. 보고 있던 시라노가 라그노에게 다가간다.

시라노 자네 목소리에 취해 그들이 마구 집어 먹는 걸 못 본 건가?
라그노 (빙긋 웃으며 목소리를 낮춰) 못 보긴요……. 그들이 불편해할까 봐 못 본 척했을 뿐이죠. 이렇게 시를 읊는 건 이중의 기쁨을 준답니다. 먹지 못한 사람들을 먹게 해주는 동시에 내가 좋아하는 걸 즐거이 할 수 있으니까요.
시라노 (그의 어깨를 토닥거리며) 자넨 정말 마음에 든다니까! (라그노가 친구들에게로 간다. 시라노가 애정 어린 눈길로 그를 좇는다. 그러다가 약간 거칠게) 어이, 거기, 리즈!

총사와 달콤한 대화를 나누던 리즈가 깜짝 놀라 몸을 떨고는 시라노에게 다가온다.

시라노 그 총사가…… 당신을 공격하오?
리즈 (불쾌한 표정으로) 오! 내 눈은 그 도도한 눈길로 내 지조를 공격하는 사람을 이겨 내는 법을 알아요.

시라노 글쎄! 내가 보기엔 유혹을 이겨 낸 눈 같지 않구먼.

리즈 (할 말을 잃고) 아니…….

시라노 (진지한 어조로) 난 라그노를 좋아하네. 그래서 누구든 그를 오쟁이 진 남편으로 만들려 들면 가만두지 않을 걸세.

리즈 하지만……

시라노 (총사에게 들릴 정도로 목소리를 높여) 잘 알아들으셨기를…….

(총사에게 인사를 하고는 시계를 본 다음, 바깥을 살피기 위해 무대 안쪽에 있는 문으로 다가간다)

리즈 (시라노에게 단지 답례만 한 총사에게) 정말이지, 날 놀라게 만드는군요! 톡 쏘아 주세요…… 그의 코에 대고…….

총사 그의 코에 대고…… 그의 코에 대고…….

(급히 가게를 나선다. 리즈가 그를 쫓아간다)

시라노 (무대 안쪽 문에서 시인들을 데리고 가라고 라그노에게 신호를 보내며) ……어이!

라그노 (시인들에게 오른쪽 문을 가리키며) 저쪽으로 자리를 옮기는 게 더 나을 것 같네…….

시라노 (안달을 하며) 빨리! 빨리!

라그노 (그들을 데리고 가며) 시를 읊기에는…….

첫 번째 시인 (음식이 가득한 입으로 절망에 빠져) ……하지만 빵과 과자들은!

두 번째 시인 가지고 가세!

시인들이 진열대에 놓인 빵, 과자들을 쓸어 담고는, 라그노를 따라 줄줄이 나간다.

제5장

시라노, 록산, 뒤에뉴.

시라노 희망이 조금이라도 있다고 느껴지면 즉시 편지를 꺼내야지…….
(가면을 쓴 록산이 뒤에뉴를 이끌고 창유리 뒤로 모습을 드러낸다. 그가 급히 문을 열어 준다) 들어오시오!
(뒤에뉴를 막으며) 잠시, 두 마디만, 뒤에냐!
뒤에뉴 네 마디도 괜찮아요.
시라노 믹는 기 밝히시오?
뒤에뉴 환장할 정도로.
시라노 (판매대 위에 놓인 종이봉투들을 급히 집으며) 잘됐군. 여기 뱅스라드[10]씨의 소네트 두 편이 있소…….
뒤에뉴 (실망한 표정으로) ……음!
시라노 이걸 다리올[11]로 가득 채워 주겠소.
뒤에뉴 (환한 표정을 지으며) 오!

---

10 Isaac de Benserade(1613~1691). 살롱과 궁정에서 활약한 프랑스 시인. 아카데미 회원.
11 계란, 버터로 만든 크림 과자의 일종.

시라노 사람들이 작은 슈[12]라 부르는 빵을 좋아하시오?

뒤에뉴 (체면을 지키려 애쓰며) 크림이 든 거라면 고려해 보죠.

시라노 당신을 위해 여기, 생타망[13]의 시 속에 그 빵 여섯 개를 넣겠소! 그리고 샤플랭[14]의 이 운문에는 덜 무거운 푸플랭 한 조각을 담아 드리지. 아! 신선한 빵 과자들을 좋아하시오?

뒤에뉴 누가 옆에서 죽어도 모를 정도로!

시라노 (봉투들을 그녀의 팔에 안겨 주며) 길에 나가서 이것들을 먹도록 해요.

뒤에뉴 하지만······.

시라노 (그녀를 밖으로 떠밀며) 다 먹기 전엔 들어오지 마시오! (문을 닫고 록산에게로 돌아온다. 그러고는 적당한 거리를 두고 모자를 벗은 채 멈춰 선다)

제6장

시라노, 록산, 뒤에뉴, 잠시.

---

12 슈크림 빵의 그 슈(양배추라는 뜻)이다. 하지만 작은 슈 *petit chou*는 〈여보, 당신〉이라는 애정 어린 표현으로 쓰인다.

13 Marc Antoine Girard, sieur de Saint-Amant(1594~1661). 프랑스 시인. 풍자적이고 서정적인 시를 썼다. 아카데미 회원.

14 Jean Chapelain(1595~1674). 프랑스 작가. 시는 변변찮았던 것으로 알려져 있다. 프랑스 아카데미 창설에 중요한 역할을 했고, 고전주의의 확립에 기여했다.

시라노 이 순간은 모든 순간 중에 가장 축복받은 것이라, 내가 숨 쉬며 살아가고 있다는 것을 잊지 않은 채 당신이 여기까지 나에게 말을 하러…… 근데 무슨 말?

록산 (가면을 벗으며) 우선 감사의 말부터. 왜냐하면 어제 당신이 그 눈부신 검술로 망신을 준 그 건달, 그 허풍쟁이, 바로 그가 나에게 반한…… 어느 대귀족이……

시라노 드 기슈.

록산 (눈을 내리깔며) 제 남편으로…… 만들고자 했던 사람이니까요…….

시라노 허울뿐인 남편으로.

(인사를 하며) 따라서 난 내 못난 코가 아니라 당신의 아름다운 눈을 위해 싸운 거로군요, 록산. 아주 잘된 일이오.

록산 그리고…… 전…… 제가 하러 온 고백을 하려면 당신을…… 예전의 오빠로 여겨야만 해요, 호수 근처에 있던 공원에서 함께 놀았던!

시라노 그래요……. 당신은 매년 여름 베르주라크로 내려왔지!

록산 당신은 갈대로 검을 만들었고……

시라노 당신은 옥수수로 인형의 금발을 만들었지!

록산 즐겁기만 한 시절이었어요…….

시라노 신맛이 나는 산딸기가 익어 가고……

록산 당신이 내가 원하는 것이면 뭐든지 해주던 시절이었죠!

시라노 짧은 치마를 입은 록산은 마들렌이라 불렸고……

록산 그때 제가 예뻤나요?

시라노 못생기지는 않았었소.

록산 가끔 당신은 나무를 타다 긁혀 피가 나는 손으로 달려 왔죠! 그러면 나는 마치 엄마처럼 엄한 목소리를 꾸미며 이렇게 꾸짖곤 했죠.
(그의 손을 잡는다) 〈이 상처는 또 어쩌다 생긴 거니?〉
(깜짝 놀라 말을 멈춘다) 오! 너무 심해요, 이 상처는!
(시라노가 손을 빼려 한다) 안 돼요! 보여 줘요! 아니? 그 나이에 아직도! 어디서 뭘 하다 이렇게 됐어요?

시라노 넬 문 쪽에서, 놀다가.

록산 (식탁에 앉아 물 잔에 손수건을 적시며) 손 이리 줘요!

시라노 (따라 앉으며) 자상하기도 하지! 마치 엄마처럼!

록산 피를 닦아 내는 동안 말해 봐요. 또 누구하고 싸웠나요?

시라노 오! 정확히 백 명은 아니었소.

록산 이야기해 줘요!

시라노 그 얘긴 그만두고, 당신이 조금 전에 감히 하지 못했던 말부터 해봐요······.

록산 (피를 닦아 주며) 이젠 감히 말할게요. 어린 시절이 그 향기로 용기를 북돋아 주니까! 그래요, 말하죠. 저, 누군가를 사랑해요.

시라노 ······아!

록산 그런데 그 사람은 몰라요.

시라노 ······아!

록산 아직은.

시라노 아!

록산 하지만 곧 알게 될 거예요.

시라노 ……아!

록산 지금까지 감히 말을 꺼내지 못한 채, 멀리서, 수줍게 날 사랑한 가엾은 사람…….

시라노 아!

록산 손 좀 가만히 놔둬요. 열이 있나 봐요. 하지만 난 고백으로 떨리는 그의 입술을 봤어요.

시라노 ……아!

록산 (손수건으로 상처를 묶으며) 생각해 봐요. 그 사람이 바로, 그래요, 오빠 부대에서 근무하고 있어요!

시라노 ……아!

록산 오빠 부대의 카데거든요!

시라노 ……아!

록산 (웃으며) 그의 이마에는 재치, 천재성이 번뜩여요. 그는 당당하고, 고귀하고, 젊고, 용감하고, 잘생겼어요.

시라노 (창백한 얼굴로 벌떡 일어서며) 잘생겼다고!

록산 왜요? 왜 그래요?

시라노 아니요, 아무것도…… 그게…… 그러니까……
(웃으며 자기 손을 가리킨다) 이 상처 때문에.

록산 그래요, 전 그를 사랑해요. 솔직히 털어놓자면, 전 그를 극장에서만 봤어요…….

시라노 그럼 얘길 나눠 본 적이 없단 말이오?

록산 눈으로만.

시라노 그런데 어떻게 아시오, 그가 누군지?

록산 루아얄 광장 참나무 아래에서 수다를 떠는 여자들이 가르쳐 줬어요……

시라노 그가 카데라고?

록산 수비대의 카데.

시라노 이름은?

록산 크리스티앙 드 뇌빌레트 남작.

시라노 엥? 카데들의 부대에는 그런 사람 없는데.

록산 아뇨, 오늘 아침부로. 카르봉 드 카스텔잘루 대장 휘하에.

시라노 그런데 그새, 마음을 빨리도 주는군! 하지만 내 가엾은 사람……

뒤에뉴 (문을 빠끔히 열며) 빵 과자 다 먹었는데요, 베르주라크 씨!

시라노 그럼, 봉투에 인쇄된 시구들을 읽어요!

뒤에뉴가 문을 닫는다.

시라노 ……당신은 아름다운 말과 재치 넘치는 사람만을 사랑하잖소. 만약 그가 문외한, 야만인이라면.

록산 아뇨, 그는 뒤르페[15]의 주인공과 같은 머리카락을 갖고 있어요.

시라노 머리카락이 멋진 만큼 말이 서툴다면!

---

15 Honoré d'Urfé(1567~1625). 프랑스 소설가. 목가 소설 『아스트레 *L'Astrée*』로 17세기 프랑스의 감수성에 큰 영향을 끼쳤다.

록산 아뇨, 그가 하는 말은 모두 섬세할 거예요. 분명해요!

시라노 그래요, 콧수염이 섬세하면 말 또한 모두 섬세하죠. ……하지만 그가 멍청이라면!

록산 (발을 구르며) 그럼, 난 죽어 버릴 거예요!

시라노 (잠시 후) 그 말을 하려고 날 만나자고 한 거요? 그럼 굳이 만날 필요까진 없었던 것 같군.

록산 아, 어제 누군가가 내 영혼에 죽음을 심어 놓았기 때문이에요. 그 사람 말이, 당신들은 모두 가스코뉴 사람들이라, 당신 부대에서는…….

시라노 가스코뉴 사람도 아니면서 특혜로 우리 순수한 가스코뉴 사람들 틈에 들어온 모든 풋내기들에게 우리가 시비를 건다고? 그 사람이 그렇게 말했소?

록산 제가 그 때문에 얼마나 겁에 질렸을지 생각해 보세요!

시라노 (이를 갈며) 이유가 없진 않지!

록산 하지만 어제, 천하무적의 위대한 당신이 우리 앞에 나타나 그 망나니를 벌하고 그 불한당들에게 맞섰을 때, 전 생각했어요. 모두가 두려워하는 당신이 도와만 준다면……

시라노 좋소, 내가 당신의 풋내기 남작을 보호해 주겠소.

록산 오! 절 위해 그를 보호해 줄 거죠? 그렇죠? 전 늘 당신에게 애틋한 우정을 품고 있었어요.

시라노 그래요, 그래.

록산 그의 친구가 되어 줄 건가요?

시라노 그러겠소.

록산 절대 결투를 하는 일이 없게 해줄 거죠?

시라노 맹세하겠소.

록산 오! 당신을 정말 사랑해요. 이제 그만 가봐야겠어요. (재빨리 가면을 쓰고 레이스로 이마를 가린다. 그러고는 건성으로) 근데, 지난밤의 싸움 얘기 안 해줬잖아요. 정말 기상천외했을 텐데! ……편지하라고 그에게 전해 줘요. (그에게 손으로 작은 키스를 날려 보낸다) 오! 당신을 사랑해요!

시라노 알아요, 알아.

록산 백 명을 상대로? 그럼, 안녕히. 우린 둘도 없는 친구예요!

시라노 그래요, 그래.

록산 편지 하라고 해줘요! 백 명을! 나중에 얘기해 줘요. 지금은 가봐야 해요. 백 명을! 용감하기도 하지!

시라노 (그녀에게 인사를 하며) 오! 예전에 비하면 그쯤이야…….

그녀가 나간다. 시라노가 고개를 숙인 채 꼼짝도 않고 서 있다. 침묵. 오른쪽 문이 열린다. 라그노가 고개를 내민다.

제7장

시라노, 라그노, 시인들, 카드봉 드 카스텔잘루, 카데들, 군중 등, 뒤이어 드 기슈.

라그노 들어가도 될까요?

시라노 (움직이지 않은 채) 들어오게…….

라그노가 신호를 보내자 친구들이 들어온다. 동시에 안쪽 문에서 카르봉 드 카스텔잘루가 수비대 대장 복장을 하고 나타나 시라노를 보고는 반가운 몸짓을 한다.

카르봉 드 카스텔잘루 자네 여기 있었군!

시라노 (고개를 들며) ……대장님!

카르봉 (좋아 어쩔 줄 모르며) 우리의 영웅! 우리도 모든 걸 알고 있네! 카데 30여 명이 자넬 보려고 몰려왔네!

시라노 (뒷걸음질 치며) 하지만……

카르봉 (시라노를 끌어당기며) 이리 오게! 다들 자넬 보고 싶어 하네!

시라노 싫습니다!

카르봉 그들은 요 맞은편 라 크루아 뒤 트라우아르에서 술을 마시고 있네.

시라노 전……

카르봉 (다시 문으로 다가가 쩌렁쩌렁한 목소리로 무대 뒤를 향해 외친다) 영웅이 거부하네. 기분이 영 안 좋은 모양이야!

한 목소리 (밖에서) 아! 말도 안 돼!

바깥에서 들려오는 소란, 검과 장화 소리가 다가온다.

카르봉 (손을 비비며) 그들이 길을 건너오는군!

카데들 (빵 가게로 들어서며) 이런! 젠장! 빌어먹을! 우라질!

라그노 (겁에 질려 뒷걸음질 치며) 여러분, 그러니까 당신들 모두 가스코뉴 사람입니까?

카데들 모두!

한 카데 (시라노에게) 브라보!

시라노 남작!

또 다른 카데 (그의 손을 쥐고 흔들며) 장하오!

시라노 남작!

세 번째 카데 한번 안아 보고 싶소!

시라노 남작!

여러 카데 그를 안아 주자!

시라노 (누구에게 대답해야 할지를 몰라 하며) 남작…… 남작 고맙소…….

라그노 여러분들 모두 남작이세요?

카데들 모두!

라그노 ……그래요?

첫 번째 카데 우리 남작관[16] 리본만으로도 이 가게를 한 바퀴 돌고도 남을 게요!

르 브레 (가게로 들어와 시라노에게 달려오며) 사람들이 몰려오고 있네! 지난밤 자네를 따라갔던 사람들이 환희에 찬 군중을 이끌고…….

---

16 남작의 신분을 나타내는 모자.

시라노 (겁에 질려) 내가 여기 있을 거라고 말 안 해줬는데?
르 브레 (손을 비비며) 했네!
한 부르주아 (한 무리를 이끌고 들어서며) 선생, 마레 지구 전체가 이곳으로 몰려와요!

바깥 거리가 사람들로 가득하다. 가마, 마차들이 멈춰 선다.

르 브레 (웃으며 은근한 목소리로) 록산은?
시라노 (신경질적으로) 입 닥쳐!
군중 (바깥에서 환호하며) 시라노!

한 무리가 빵 가게 안으로 몰려들어온다. 혼란. 갈채.

라그노 (탁자 위에 서서) 내 가게가 점령당했어! 다 때려 부수는군! 정말 멋져!
사람들 (시라노를 에워싸고) 친구…… 친구…….
시라노 어제만 해도 친구가 ……이렇게 많진 않았는데!
르 브레 (크게 기뻐하며) 인기가 대단하군!
한 후작 (손을 내민 채 달려오며) 자네가 알았다면, 내 소중한…….
시라노 자네가 알았다면? ……자네? ……도대체 우리가 함께한 게 뭐가 있지?
또 다른 후작 선생, 당신을 저기 내 마차에 타고 있는 몇몇 부인에게 소개하고 싶소…….
시라노 (냉랭하게) 우선 당신부터, 나한테 당신은 누가 소개하고?

르 브레 (당황해하며) 자네 도대체 왜 그러나?

시라노 입 다물어!

한 문인 (필기대를 든 채) 간밤의 모험을 자세히 들을 수 있을까요?

시라노 아뇨.

르 브레 (팔꿈치로 툭툭 치며) 「가제트」[17]를 만든 테오프라스트 르노도일세!

시라노 됐네!

르 브레 이런저런 소식을 실어 전하는 종이 말일세. 사람들 말로는 앞으로 크게 번창할 거래!

한 시인 (다가서며) 선생……

시라노 또!

시인 당신 이름으로 팡타크로스티슈[18]를 짓고 싶은데……

어떤 사람 (역시 다가서며) 선생……

시라노 이제 그만!

사람들이 비켜선다. 드 기슈가 장교들의 호위를 받으며 나타난다. 제1막이 끝날 무렵에 시라노와 함께 떠났던 퀴지, 브리사이, 장교들이 그를 뒤따른다. 퀴지가 앞서 시라노에게 달려온다.

---

17 프랑스 최초의 신문. 프랑스에서는 지금도 이 신문을 창간한 테오프라스트 르노도의 이름으로 문학상을 수여하고 있다.
18 이름을 주제로 그 이름이 다섯 번 나오게 배열한 5행시.

퀴지 (시라노에게) 드 기슈 씨는

(수군거림. 모든 사람이 물러난다) 가시옹 사령관님이 보내서 왔네!

드 기슈 (시라노에게 인사를 하며) 사령관님께서 소문으로 돌아다니는 당신의 새로운 무술에 대해 치하하고 싶어 하시오.

군중 브라보!

시라노 (고개 숙여 인사를 하며) 무술이라면 사령관님도 조예가 깊으시지.

드 기슈 아마 사령관님도 그 사실을 믿지 않았을 거요. 이 분들이 맹세하지 않았다면…….

퀴지 우리 눈으로 똑똑히 봤다고 말이지!

르 브레 (멍한 표정을 짓고 있는 시라노에게 낮은 목소리로) 그런데……

시라노 입 다물어!

르 브레 자네 괴로워하는 것처럼 보이는군!

시라노 (정신이 든 것처럼 얼른 몸을 곧추세우며) 이 사람들 앞에서?

(그의 콧수염이 곤두선다. 가슴을 치며) 내가 괴로워한다고? 어림없는 소리!

드 기슈 (퀴지에게 귀엣말을 들은 후에) 당신이 이미 멋진 무공들을 쌓았다고 들었소. 지금 이 광기 어린 가스코뉴 사람들 부대에서 근무하고 있고, 안 그렇소?

시라노 그렇소, 카데들의 부대에.

한 카데 (우렁찬 목소리로) 우리 부대에!

드 기슈 (시라노 뒤에 정렬한 가스코뉴 카데들을 바라보며) 아! ……아! 당당한 표정을 짓고 있는 이 모든 분들이 ……그러니까 그 유명한 가스코뉴 카데들이오?

카르봉 드 카스텔잘루 시라노!

시라노 예, 대장님?

카르봉 내 부대원들이 모두 모인 것 같으니 백작에게 우리 부대 소개를 좀 해주게.

시라노 (드 기슈를 향해 두 걸음 다가가 카데들을 가리키며)
저들이 카르봉 드 카스텔잘루의
자랑스러운 가스코뉴 카데들이오.
싸우기 좋아하는 뻔뻔스런 거짓말쟁이,
저들이 바로 가스코뉴 카데들이오.
장남으로 태어나는 운은 못 누렸지만,
모두 무뢰한보다는 귀한 신분인
저들이 바로 카르봉 드 카스텔잘루의
자랑스러운 가스코뉴 카데들이오.
독수리의 눈, 황새의 다리,
고양이의 콧수염, 늑대의 이빨,
으르렁거리는 불한당들을 베며,
독수리의 눈, 황새의 다리,
그들은 간다, 깃털이 구멍들을
가리는 낡은 모자를 쓰고!
독수리의 눈, 황새의 다리,

고양이의 콧수염, 늑대의 이빨!
뚱보 배 찌르고 번드르르한 면상 깨는 사람,
이것이 가장 부드러운 그들의 별명이오.
그들의 영혼은 영광으로 취해 있다오!
뚱보 배 찌르고 번드르르한 면상 깨는 사람,
소동이 이는 모든 곳이
그들의 약속 장소라오…….
뚱보 배 찌르고 번드르르한 면상 깨는 사람,
이것이 가장 부드러운 그들의 별명이오!
바로 저들이 질투에 사로잡힌 모든 남자를
오쟁이 진 남편으로 만드는 가스코뉴의 카데들이오!
오, 바람난 사랑스런 여인이여,
저들이 바로 가스코뉴의 카데들이오!
늙은 남편이야 인상을 쓰든 말든,
불어라, 나팔이여! 노래하라, 뻐꾸기여!
바로 저들이 질투에 사로잡힌 모든 남자를
오쟁이 진 남편으로 만드는 가스코뉴의 카데들이오!

드 기슈 (라그노가 잽싸게 가져다준 안락의자에 편안하게 앉아) 오늘날 시인은 누구나 곁에 두고 싶어 하는 사치품이오. 내 사람이 되고 싶소?

시라노 아뇨, 백작, 어느 누구의 사람도.

드 기슈 어제, 내 삼촌 리슐리외께서 당신의 재치에 몹시 즐거워하셨소. 당신을 그분 곁에서 일할 수 있도록 해주고 싶은데…….

르 브레 (넋이 나가) 오 맙소사!

드 기슈 그 정도면 5막짜리 희곡도 써봤을 것 같은데?

르 브레 (시라노의 귀에 대고) 친구, 잘하면 자네 「아그리핀」을 무대에 올릴 수도 있겠어!

드 기슈 그분께 한번 가져가 보시오.

시라노 (약간 솔깃해서) 정말로…….

드 기슈 그분도 탁월한 전문가시니 단 몇 구절이라도 손을 봐주실 거요.

시라노 (당장 표정을 굳히며) 그건 불가능하오, 백작. 누군가 쉼표 하나라도 고칠 거라는 생각을 하면 내 피가 굳어지는 것 같으니까.

드 기슈 하지만 반대로 시구가 그분 마음에 들면 아주 비싸게 값을 쳐주실 거요.

시라노 그래도 나만큼 비싼 값을 쳐주진 못할 거요. 내가 쓴 시구가 마음에 들면 난 직접 그 시구를 읊어 값을 쳐주니까!

드 기슈 자부심이 대단하시군.

시라노 이제야 눈치 채셨소?

한 카데 (초라한 깃털 장식이 달린 모자들과 구멍이 뚫린 모자 안감을 칼에 꿰어 들어오며) 이것 좀 보게, 시라노! 오늘 아침 부두에서 우리가 잡은 깃털 달린 이상한 사냥감들일세! 달아난 자들의 펠트 모자야!

카르봉 막대한 전리품이군!

모두 (껄껄대고 웃으며) 하! 하! 하!

퀴지 그 불한당들을 보낸 자가 오늘 속깨나 쓰리겠군.

브리사이 그게 누군지 아나?

드 기슈 바로 날세.

웃음소리가 멈춘다.

드 기슈 술 취한 삼류 시인을 직접 벌할 수는 없는 일이라, 내가 그들에게 일을 맡겼지.

어색한 침묵.

카데 (펠트 모자들을 가리키며 시라노에게 작은 목소리로) 저것들을 어떡해야 하지? 기름기가 많으니…… 살미[19]를 만들어?

시라노 (모자들이 꿰어 있는 칼을 건네받아 인사와 함께 드 기슈의 발치에 던지며) 백작, 친구들에게 좀 돌려주시겠소?

드 기슈 (벌떡 일어나 냉랭한 목소리로) 내 가마와 가마꾼들 대령시키게, 당장. 돌아가겠네.

(시라노에게, 격한 목소리로) 그리고…… 당신!

한 목소리 (길에서) 드 기슈 백작님의 가마꾼들, 가마 대령하라!

드 기슈 (마음을 가다듬은 후에 애써 웃으며) ……『돈키호테』 읽어 봤소?

시라노 읽어 봤소. 그리고 그 천방지축의 이름에 경의를 표

---

19 구운 새고기 스튜.

하오.

드 기슈 그렇다면 잘 생각해 보시오…….

한 가마꾼 (무대 안쪽에서 나타나며) 가마 대령했습니다.

드 기슈 풍차가 나오는 장에 대해!

시라노 (인사를 하며) 제13장이죠.

드 기슈 왜냐하면 풍차를 공격할 때는 종종……

시라노 그러니까 내가 바람에 돌아가는 사람들을 공격한 겁니까?

드 기슈 천으로 만든 풍차의 거대한 팔들이 당신을 진창에 처박기도 하니까!

시라노 아니면 별들 속으로 날려 보내거나!

드 기슈가 나간다. 가마에 오르는 그가 보인다. 귀족들이 수군대며 멀어져 간다. 르 브레가 그들을 배웅한다. 군중들이 나간다.

제8장

시라노, 르 브레, 카데들. 그들이 식탁 좌우에 앉아 있고 가게 일꾼들이 먹고 마실 것을 내온다.

시라노 (그에게 감히 인사도 건네지 못하고 나가는 사람들에게 빈정대는 투로 인사를 하며) 살펴들 가세요…… 가세요…… 가세요…….

르 브레 (아쉽다는 듯 하늘을 향해 양팔을 쳐들며) 아! 절호의 기회였는데…….

시라노 오! 자네! 또 투덜거릴 거야!

르 브레 눈앞에 닥친 기회를 계속 차버리다가는 쪽박 차게 된다는 걸 자네도 인정해야 할 걸세.

시라노 그래, 나 쪽박 찼네!

르 브레 (의기양양해하며) 그것 보게!

시라노 하지만 원칙적으로나 이번 일로나, 난 이렇게 쪽박 차는 게 오히려 낫다고 생각하네.

르 브레 자네의 그 총사 정신을 약간만 접어 둔다면, 부와 영광이……

시라노 그러려면 어떻게 해야 하지?
힘 있는 보호자를 찾고, 그를 주인으로 삼고,
나무 등치를 휘감아 돌며 그것을 후견인으로 삼아
나무껍질을 핥아 대는 음험한 덩굴처럼
혼자 힘으로 날아오르는 대신 술수로 기어올라야 하나?
아니, 난 싫네. 그들이 하는 것처럼,
재력가에게 시구를 지어 바쳐야 하나?
아니면 광대로 변해 대신의 입가에 음산하지 않은
미소가 피어오르는 걸 보려는 천박한 희망을
품어야 하나?
아니, 난 싫네. 매일 밥 먹듯 굴욕을 삼켜야 하나?
남들이 밟고 지나가는 배를, 무릎 부분이 더 빨리
더러워지는 피부를 가져야 하나?

허리를 더 유연하게 굽힐 수 있어야 하나?
아니, 난 싫네. 한 손으로 배추에 물을 주면서
다른 손으로 염소 목을 간질여 주고,
오는 정 받자고 가는 정 주고,
손을 비비며 늘 아첨할 준비를 하고 있어야 하나?
아니, 난 싫네. 남을 짓밟고 올라가 출세하고,
패거리를 만들어 우물 안 우두머리가 되고,
달콤한 밀어를 노 삼아, 늙은 부인들의
한숨을 돛 삼아 항해를 해야 하나?
아니 난 싫네! 세르시의 그 잘난 발행인을
찾아가 자비로 시를 출간해야 하나? 난 싫네!
이 카바레 저 카바레, 멍청이들이 모여 여는
종교 회의에서 교황으로 임명되어야 하나?
아니, 난 싫네! 다른 소네트를 짓는 대신
한 소네트로 이름을 세우려 애써야 하나?
아니, 난 싫네! 엉터리들한테만 재능을 발견해야 하나?
하찮은 가제트들에 겁을 집어먹고 끊임없이
스스로 되뇌어야 하나, 〈오, 내 시가 「메르퀴르
프랑수아」 지면에 실리기만 한다면〉이라고?
아니, 난 싫네! 계산하고, 겁먹고, 창백하게 질리고,
시보다는 방문하는 것을 더 좋아하고,
청원서를 작성하고, 줄을 서야만 하나?
아니, 난 싫네! 싫어! 싫다고!
난 그 대신…… 노래하고, 꿈꾸고,

웃고, 지나가고, 혼자 있고, 자유를 즐기고,
똑바로 보는 눈과 떨리는 목소리를 가지고,
마음이 내킬 때 펠트 모자를 비스듬히 쓰고,
찬성 혹은 반대를 위해 싸우거나, 시를 쓸 걸세!
영광 혹은 부를 염두에 두지 않고 일하고,
몽상에 젖어 달나라 여행을 꿈꿀 걸세!
자신에게서 나오지 않는 것은 결코 쓰지 않고,
겸허하게 자신에게 이렇게 말할 걸세, 어이, 친구,
자네 정원에서 자네 손으로 딸 수 있다면,
꽃, 과일, 심지어 그 잎들로 만족하게!
그러다 우연히 약간의 영광을 누릴 기회가 온다면,
공물로 바쳐야 할 것이 없도록 떳떳하게 행동하고,
스스로에게 부끄러운 것이 없도록 할 걸세.
간단히 말해, 참나무나 떡갈나무는 못 되더라도
빌붙어 사는 덩굴이 되진 않을 걸세.
아주 높이 오르진 못해도, 혼자 힘으로 올라갈 걸세!

르 브레 혼자 힘으로, 좋네! 하지만 모두를 적으로 삼진 말게. 도대체 무슨 끔찍한 강박관념에 감염됐기에 늘, 사방에 적들을 만드는 건가?

시라노 자네가 이 사람 저 사람 친구로 삼고,
암탉들 엉덩이에서 빌려온 입으로 그 많은
친구들에게 웃는 걸 보다 보니,
난 내 걸음을 막는 인사를 줄이고 싶고,
이렇게 즐거이 외치고 싶네. 적, 하나 더!

르 브레 비뚤어져도 한참 비뚤어졌군!

시라노 그래, 그게 내 결점일세.
어깃장 놓는 건 내 즐거움이고, 미움 사는 건 내 취밀세.
친구, 쏟아지는 눈총을 뚫고 걸어가는 게
얼마나 마음 편한지, 시샘하는 자들의 담즙과
비겁한 자들의 침이 그들 저고리에 얼마나
재미있는 자국들을 남기는지 자네가 안다면!
자네들, 자네들이 나누는 말랑말랑한 우정은
자네들 목을 여성적으로 변하게 하는,
그 투명하고 하늘하늘한 이탈리아 목깃을 닮았네.
더 편하기는 하지만…… 훨씬 덜 당당해 보이지.
체통도 법도도 없는 이마를 사방으로
연신 숙여 대게 만드니까. 하지만 내 경우,
증오는 매일 등과 고개를 꼿꼿하게 세우게 하는
주름 장식깃으로 나를 치장해 주네.
또 한 명의 적은 나에게 불편과 동시에
광채를 주는, 풀 먹인 새 둥근 주름일세.
모든 점에서 스페인 주름 장식깃을 닮은
증오는 목을 죄는 굴레이자 눈부신 후광이니까!

르 브레 (잠시 입을 다물고 있다가 시라노의 팔짱을 끼며) 오만하고 신랄한 자, 큰소리 떵떵 치게나. 하지만 나지막이 말하게, 그녀가 자네를 사랑하지 않는다고!

시라노 (당황해서 황급히) 입 닥치게!

크리스티앙이 들어와 카데들 사이에 섞인다. 카데들은 그에게 말을 걸지 않는다. 그가 결국 작은 탁자에 혼자 앉자, 리즈가 그에게 마실 것을 갖다 준다.

제9장

시라노, 르 브레, 카데들, 크리스티앙 드 뇌빌레트.

한 카데 (손에 술잔을 들고 안쪽 탁자에 앉아) 어이! 시라노! (시라노가 돌아본다) 이야기는?

시라노 조금 있다!

(르 브레의 팔을 잡고 무대 안쪽으로 올라간다. 그들이 낮은 목소리로 이야기를 나눈다)

카데 (일어나 내려오며) 싸움 이야기! 그건 최고의 교훈이 될 거야.

(크리스티앙이 앉아 있는 탁자 앞에 멈춰 선다) 이 소심한 풋내기에게!

크리스티앙 (고개를 들며) 풋내기?

또 다른 카데 그래, 북쪽에서 온 병자!

크리스티앙 병자?

첫 번째 카데 (빈정거리며) 드 뇌빌레트 선생, 이것 하난 똑똑히 알아 두시게. 여기선 교수형에 처해진 자 집에서 줄 얘기 삼가듯 절대 입에 담지 말아야 할 게 하나 있다네!

크리스티앙 그게 뭐요?

또 다른 카데 (쩌렁쩌렁한 목소리로) 날 보게!

(슬쩍 손가락을 코에 세 번 갖다 댄다) 내 말 알겠나?

크리스티앙 아! 그건……

또 다른 카데 쉿! 그 말은 결코 입에 담아서는 안 되네!

(안쪽에서 르 브레와 이야기를 나누고 있는 시라노를 가리킨다) 안 그러면 저기, 저 사람과 볼일이 생길 거야!

또 다른 카데 (크리스티앙이 다른 카데들과 얘기를 나누고 있는 사이, 소리 없이 다가와 그의 등 뒤에 앉으며) 콧소리 흥흥거리는 두 사람이 멋모르고 코 얘길 했다가 그의 손에 죽고 말았지!

또 다른 카데 (네 발로 기어 탁자 밑으로 들어갔다가 불쑥 나오며 굵고 낮은 목소리로) 그 운명적인 연골을 슬쩍이라도 암시했다가는 목숨을 부지하기가 어려워!

또 다른 카데 (크리스티앙의 어깨에 손을 올려놓으며) 한마디로 충분해! 한마디? 몸짓 한 번으로도 충분하지! 손수건을 뽑는 건 자기 수의를 뽑는 거나 마찬가지야!

침묵, 주위의 모든 카데들이 팔짱을 낀 채 그를 쳐다본다. 크리스티앙이 일어나 아무것도 못 본 척하며 한 장교와 얘기를 나누고 있는 카르봉 드 카스텔잘루에게 다가간다.

크리스티앙 대장님!

카르봉 (돌아서서 그를 노려보며) 무슨 일인가?

크리스티앙 허풍이 심한 남쪽 사람들을 만나면…… 어떻게 해야 하죠?

카르봉 겁 모르는 북쪽 사람이란 걸 보여 줘야지.

(돌아서서 계속 얘기를 나눈다)

크리스티앙 가르쳐 주셔서 감사합니다.

첫 번째 카데 (시라노에게) 이제, 자네 얘기!

모두 자네 얘기!

시라노 (그들을 향해 다가오며) ……내 얘기?

모두 의자를 들고 다가온다. 그를 둘러싸고 앉아 귀를 기울인다. 크리스티앙도 의자를 돌려놓고 걸터앉는다.

시라노 좋아! 난 그들을 만나러 혼자 걸어갔어. 하늘에는 시계처럼 둥근 달이 둥실 떠 있었지. 갑자기, 나도 모를 어떤 꼼꼼한 시계공이 그 둥근 시계의 은 케이스 위로 면 구름을 펼쳐놓는 거야. 그러자 온 세상이 칠흑처럼 깜깜해졌어. 부두에는 전혀 불이 밝혀져 있지 않았지. 제길! 도통 아무것도 보이질 않는 거야…….

크리스티앙 자기 코조차도.

침묵. 모두가 천천히 일어선다. 그들이 공포에 질려 시라노를 쳐다본다. 시라노도 깜짝 놀라 입을 벌리고만 있다. 기다림.

시라노 저 친구, 도대체 누군가?

한 카데 (낮은 목소리로) 오늘 아침에 도착한 친구일세.

시라노 (크리스티앙을 향해 한 걸음 내디디며) 오늘 아침에?

카르봉 (낮은 목소리로) 남작인데, 이름이 드 뇌빌······

시라노 (걸음을 멈추며 격한 어조로) 아! 그럼 바로······

(그의 얼굴이 창백해졌다가 붉어진다. 그리고 다시 크리스티앙에게 달려들려는 움직임을 보인다) 음······

(곧 흥분을 가라앉히고 무거운 목소리로 말한다) 좋아······

(이야기를 다시 시작한다) 어디까지 얘기했더라? 그래, 그러니까······

(목소리로 분통을 터뜨리며) 제길!

(자연스런 어조로 얘길 계속한다) ······아무것도 안 보이는 거야. 그래서 나는 이렇게 생각하며 걸었지. 날 아주 하찮은 거지로 착각하겠군, 분명 나를······

크리스티앙 미워하고 있을······[20]

(모두가 일어선다. 크리스티앙이 의자에 앉은 채 몸을 좌우로 흔들어 댄다)

시라노 (분통을 삭이며) 원망하고 있을,[21] 날 원망하고 있을 어떤 대귀족, 어떤 왕자와 마주쳐도······ 그래도 신중치 못한 나는 나무껍질과 나무 사이에······

크리스티앙 코를······

---

20 〈미워하다〉라는 뜻의 관용구는 *avoir dans le nez*이다. 크리스티앙은 *nez*(코)와 관련된 관용구를 계속 던져 시라노를 자극한다.

21 비슷한 의미이긴 하지만 시라노가 사용한 관용구는 *avoir une dent*(이빨)이다.

시라노 손가락을…… 집어넣을 참이었지.[22] 왜냐하면 그 대귀족에게 내……

크리스티앙 코를……

시라노 (이마에 흐르는 땀을 닦으며) 손가락을[23] 때려 줄 힘이 있을 수도 있으니까. 그래서 난 속으로 외쳤지. 계속 걸어, 가스코뉴 사나이, 해야 할 일을 해! 가자, 시라노! 이렇게 다짐하며 위험을 무릅쓰고 나아가는데 어둠 속에서 누가 불쑥 공격을 하는 거야…….

크리스티앙 손가락으로 코를 튕기며.

시라노 공격을 피하고 보니……

크리스티앙 바로 코앞에……

시라노 (그를 향해 달려들며) 제기랄!

(모두 구경을 하려고 우르르 몰려든다. 크리스티앙을 덮치기 직전, 그가 화를 다스리고 이야기를 계속한다) 술에 취한 백 명의 괴한이 소리를 빽빽 질러 대며 폴폴 풍기는 거야…….

크리스티앙 코에 대고……

시라노 (창백한 얼굴로 웃으며) 술과 양파 냄새를! 난 펄쩍 뛰어. 고개를 숙이고……

크리스티앙 코로 냄새를 맡으며!

시라노 난 돌격해! 내가 두 놈의 배를 쳐 거꾸러뜨려! 한 놈을 산 채로 꼬챙이에 끼워! 누군가가 날 겨냥하고 달려들

---

22 〈나무껍질과 나무 사이에 손가락을 집어넣다〉는 관용구는 〈손해 볼 일에 괜히 끼어드는 것〉을 뜻한다.
23 〈손가락을 때려 주다〉는 누군가를 〈혼내 준다〉는 의미로 쓰인다.

어. 퍽! 내가 반격을 가해…….

크리스티앙 퍽![24]

시라노 (폭발하며) 빌어먹을! 다들 나가!

모든 카데들이 사방 문들을 향해 몰려간다.

첫 번째 카데 호랑이가 드디어 깨어났군!
시라노 다들 나가! 이 친구와 단둘이 있게 해줘!
두 번째 카데 어쩌나! 저 친구, 잘게 다진 고기 짝 나겠군!
라그노 잘게 다진 고기?
또 다른 카데 자네 파테에 들어 있는 거!
라그노 갑자기 정신이 몽롱해지고 다리가 후들거리네요!
카르봉 나가자!
또 다른 카데 부스러기 하나 남겨 놓지 않을 거야!
또 다른 카데 여기서 일어날 일, 생각만 해도 무서워 죽겠어!
또 다른 카데 (오른쪽 문을 닫으며) 무시무시한 일이 일어날 거야!

모두 안쪽 문, 혹은 옆쪽 문을 통해 나간다. 몇몇은 층계를 통해 사라진다. 시라노와 크리스티앙이 잠시 마주 보고 서 있다.

---

24 〈퍽〉, 〈팍〉, 〈탁〉 등의 뜻으로 쓰이는 의성어 *pif*에는 구어로 〈크고 못생긴 코〉라는 의미도 있다.

제10장

시라노, 크리스티앙.

시라노 안아 주게!
크리스티앙 무슨……
시라노 용감하군.
크리스티앙 그거야! ……하지만!
시라노 아주 용감해. 마음에 들어.
크리스티앙 그래요?
시라노 안아 주게. 내가 그녀의 오빠일세.
크리스티앙 누구의?
시라노 그녀 말일세!
크리스티앙 ……예?
시라노 록산 말이야!
크리스티앙 (시라노에게 달려들며) 맙소사! 당신이 그녀의 오빠?
시라노 마찬가지지. 사촌 오빠니까.
크리스티앙 ……그녀가 당신에게?
시라노 모두 말했네!
크리스티앙 그녀가 절 사랑하나요?
시라노 아마도!
크리스티앙 (시라노의 손을 잡으며) 당신을 알게 되어 정말 기쁩니다!

시라노 갑작스런 감정이라는 게 바로 이런 거로군.

크리스티앙 절 용서하십시오…….

시라노 (그를 물끄러미 바라보다 어깨에 손을 올려놓으며) 빌어먹을! 정말 잘생겼군!

크리스티앙 모르시겠지만, 당신을 더없이 존경합니다!

시라노 내 앞에서 내뱉은 그 모든 코는……

크리스티앙 취소하겠습니다!

시라노 록산이 자네 편지를 기다리고 있네…….

크리스티앙 맙소사!

시라노 왜 그러나?

크리스티앙 제가 입을 여는 건 스스로 무덤을 파는 거나 다름없어요.

시라노 뭐라고?

크리스티앙 아! 전 부끄러워 죽고 싶을 정도로 멍청하거든요.

시라노 아닐세, 진짜 멍청하다면 자신이 멍청하다는 것도 모르겠지. 게다가 조금 전에 날 공격한 솜씨는 멍청이의 것이 아니었어.

크리스티앙 공격을 할 때는 그래도 낱말들이 쉽게 떠올라요! 그래요, 저에게도 쉽고 군사적인 재치는 있어요. 하지만 여자들 앞에서는 꿀 먹은 벙어리로 변하고 말죠. 오! 내가 지나가면 그들의 눈이 나에게 호감을 보이지만…….

시라노 자네가 멈춰 서면 그들의 가슴이 차갑게 식고 마나?

크리스티앙 그래요, 왜냐하면 난, 나도 알아요……. 그래서 두려워요! 난 사랑의 말을 할 줄 모르는 사람이거든요.

시라노 저런! 신의 손이 날 더 공들여 빚어 놓았다 하더라도 난 사랑의 말을 할 줄 알았을 텐데!

크리스티앙 오! 감정을 우아하게 표현할 수만 있다면!

시라노 지나가는 잘생긴 총사가 될 수만 있다면!

크리스티앙 록산은 재녀예요. 분명 난 그녀가 나에 대해 품고 있는 환상을 산산조각 내고 말 겁니다!

시라노 (크리스티앙을 바라보며) 저렇게 잘생긴 통역이 내 영혼을 대신 표현해 준다면!

크리스티앙 (절망에 빠져) 나에겐 능변이 필요해!

시라노 (느닷없이) 내가 빌려 주지! 자넨 나에게 정복자의 신체적 매력을 빌려 주게. 우리 둘이 함께 소설의 주인공이 되어 보세!

크리스티앙 뭐라고요?

시라노 내가 매일 자네에게 할 말을 가르쳐 주고, 자네가 그 말을 반복하면 어떻겠나?

크리스티앙 그러니까…… 당신 말은?

시라노 록산은 결코 실망하지 않을 걸세! 말해 보게, 우리 둘이 함께 그녀를 유혹한다면? 내가 불어넣는 영혼이 내 물소가죽 저고리에서 수놓인 자네의 저고리로 지나가는 것을 느껴 보게나!

크리스티앙 하지만, 시라노!

시라노 크리스티앙, 어떤가?

크리스티앙 당신이 두려워요!

시라노 그녀의 마음을 식게 만드는 것이 그토록 두렵다면, 자네 입술과 내 문장들을 — 그녀의 마음에 곧 불이 붙을 걸세! — 약간 협력하게 하면 어떻겠나?

크리스티앙 당신 눈에서…… 빛이 나요!

시라노 하겠나?

크리스티앙 그토록 그렇게 하고 싶습니까?

시라노 (취한 듯) 그건……

(정신을 차리며, 그리고 예술가로서) 그건 날 즐겁게 해줄 걸세! 시인이라면 한번 해보고 싶은 실험이니까. 어떤가, 자네가 날 보완해 주고 내가 자넬 보완해 준다면? 자넨 당당하게 걷고, 난 그림자처럼 자넬 따를 걸세. 난 자네의 재치가, 자넨 나의 아름다움이 되는 거지.

크리스티앙 하지만 한시라도 빨리 그녀에게 보내야 할 편지는! 난 결코 할 수 없을……

시라노 (저고리에서 이미 써놓은 편지를 꺼내며) 자, 여기 있네, 자네 편지!

크리스티앙 뭐라고요?

시라노 주소를 제외하고 빠진 게 전혀 없는 편질세.

크리스티앙 난……

시라노 그냥 보내도 되네. 안심하게. 잘 쓴 편지니까.

크리스티앙 그럼, 당신…… 혹시?

시라노 우린 늘 주머니에 넣고 다니네, 우리 마음속의…… 클로리스²⁵들에게 보내는 편지를. 우린 사랑하는 여인에

---

25 꽃과 봄의 여신. 아름다운 여인을 의미함.

대해 한 이름의 거품 속에 불어넣은 꿈만을 간직하고 있는 사람들이니까. 가지게, 자넨 그 가짜들을 진짜로 바꿔 놓을 걸세. 난 고백과 하소연들을 떠오르는 대로 써놓았네. 자넨 그 모든 길 잃은 새들이 사뿐히 내려앉는 것을, 내가 그 편지에서 덜 진실한 만큼 더 웅변적이었다는 사실을 — 가지게! — 보게 될 걸세! 그러니 가지게, 그리고 끝내세!

크리스티앙 몇 마디 바꿀 필요는 없을까요? 아무렇게나 쓰여진 편지가 록산에게 맞을까요?

시라노 장갑 두 짝처럼 맞을 걸세!

크리스티앙 하지만…….

시라노 자존심에서 비롯된 맹신은 그런 거라네. 록산은 그것이 자신을 위해 쓰인 것이라고 믿을 걸세!

크리스티앙 아! 내 친구!

크리스티앙이 시라노의 품으로 뛰어든다. 두 사람은 서로를 껴안은 채 서 있다.

제11장

시라노, 크리스티앙, 가스코뉴 카데들, 총사, 리즈.

한 카데 (문을 살짝 열어 보며) 잠잠하군…… 죽음의 침묵이야…… 차마 못 들여다보겠어…….

(고개를 들이민다) 엥?

모든 카데 (들어와 포옹을 하고 있는 시라노와 크리스티앙을 보고는) ……아! ……오!

한 카데 이럴 수가!

(망연자실)

총사 (빈정거리며) ……뭐야?

카르봉 우리의 악마가 사도처럼 온화하다니! 한쪽 콧구멍을 때리면, 다른 쪽도 내미는 건가?

총사 그러니까 그의 코 얘길 해도 되는 모양이지, 이젠?

(의기양양한 표정으로 리즈를 부르며) 어이! 리즈! 내가 보여 줄게!

(공기를 한껏 들이마시는 시늉을 하며) 오!……오! ……정말 못 참겠군! 이 끔찍한 냄새!

(시라노에게 다가가 코를 빤히 쳐다보며) 선생도 분명 이 냄새를 맡으셨을 텐데? 혹시 여기서 이상한 냄새 안 납니까?

시라노 (그의 뺨을 후려치며) 따귀[26] 냄새다!

폭소. 카데들이 시라노의 진면목을 되찾는다. 그들이 재주넘기를 한다.

막

---

26 〈손자국이 남을 정도로 세게 때린 따귀〉라는 뜻의 *giroflée*에는 〈꽃무의 꽃〉이라는 의미도 있다.

제3막
록산의 입맞춤

옛 마레 지구의 한 작은 광장. 고색창연한 집들. 멀리 보이는 골목들. 오른쪽, 록산의 집과 초목이 우거진 정원 담장. 문 위쪽에 창과 발코니. 문턱에 벤치.

덩굴이 벽을 기어오르고, 재스민이 발코니를 장식하고는 부르르 떨다가 다시 떨어진다. 벤치와 불쑥 튀어나온 벽의 돌들을 디디면 쉽게 발코니로 기어 올라갈 수 있다.

맞은편, 대문이 있고 돌과 벽돌로 지어진, 동일한 스타일의 오래된 집이 있다. 그 문의 노커[1]가 다친 손가락처럼 천으로 감싸여 있다.

막이 오르면, 뒤에뉴가 벤치에 앉아 있다. 록산 방의 발코니 창문이 활짝 열려 있다.

뒤에뉴 곁에 라그노가 하인 복장을 하고 서 있다. 그가 눈물을 훔치며 하던 이야기를 끝낸다.

---

1 문을 두드릴 때 사용하도록 문에 붙어 있는 쇠붙이.

제1장

라그노, 뒤에뉴, 뒤이어 록산, 시라노와 두 시종.

라그노 ……결국 그녀는 총사와 함께 떠나 버렸어요! 홀아비에 파산까지 한 나는 목을 맸죠. 세상과 막 하직하려는데 베르주라크 씨가 달려 들어와 날 구해 주며 사촌 여동생의 집에서 집사 일을 해보면 어떻겠느냐고 제안하더군요.
뒤에뉴 그런데 파산까지 한 건 어떻게 설명할래요?
라그노 리즈는 전사들을, 나는 시인들을 좋아했어요! 아폴로가 남긴 빵을 마르스[2]가 먹어 치웠죠. 그러니, 아시겠죠, 남아나는 게 없었어요!
뒤에뉴 (일어나서 열린 창문을 향해 외치며) 록산, 준비 다 됐어요? ……사람들이 기다리고 있어요!
록산의 목소리 (창문을 통해) 겉옷만 걸치면 돼요!
뒤에뉴 (맞은편 문을 가리키며 라그노에게) 맞은편 저 집에서 사람들이 우릴 기다려요. 클로미르의 집이죠. 골방에서 살롱을 여는데, 오늘 거기서 사랑에 대한 독회를 한대요.
라그노 사랑에 대한 독회?
뒤에뉴 (교태를 부리며) 그렇다지 뭐예요, 글쎄!
 (창문을 향해 소리를 지르며) 록산, 빨리 내려와요. 이러다간 사랑에 대한 독회를 놓치겠어요!

---

2 아폴로는 시의 신, 마르스는 전쟁의 신이다.

록산의 목소리 가요!

(현악기 소리가 들리더니 점점 다가온다)

시라노의 목소리 (무대 뒤에서 노래를 부르며) 라! 라! 라! 라!

뒤에뉴 (깜짝 놀라) 우리 들으라고 연주하는 건가?

시라노 (티오르바[3]를 든 시종 둘을 이끌고) 32분 음표라고 말했잖아, 멍청이!

첫 번째 시종 (비꼬듯이) 32분 음표가 뭔지 안다는 말씀이세요?

시라노 가상디[4]의 모든 제자가 그렇듯, 나도 음악가라네!

시종 (연주에 맞춰 노래를 부르며) 라! 라!

시라노 (티오르바를 빼앗아 악절을 계속 연주하며) 나도 할 수 있어! 라! 라! 라! 라!

록산 (발코니로 나오며) 당신이세요?

시라노 (가락에 따라 노래를 부르며) 그래요, 내가 당신의 백합들에게 인사를 하고, 당신의 장미들에게 경의를 표하러 왔…… 소!

록산 내려갈게요!

(발코니를 떠난다)

뒤에뉴 (시종들을 가리키며) 저 두 연주의 달인은 뭐죠?

시라노 다수시와 내기를 해서 내가 이겼소. 문법을 놓고 열띤 논쟁을 벌이고 있었는데, 아냐! — 맞아!

갑자기 그 친구가 늘 데리고 다니는, 손톱으로 현을 뜯는

---

3 기타와 비슷하게 생긴 현악기.
4 Pierre Gassend, 일명 Gassendi(1592~1655). 프랑스 철학자, 수학자, 천문학자.

데 능숙한 저 두 껄다리를 가리키며 말하는 거예요. 「음악의 하루를 걸겠어!」 그런데 그가 졌어요. 그래서 난 포이보스가 친구 일주를 다시 시작할 때까지 티오르바를 연주하는 저 두 친구를 데리고 다니게 된 겁니다. 내가 하는 모든 조화로운 일의 증인으로! 처음에는 아주 좋았는데, 벌써 싫증이 나요.

(악사들에게) ······어이! 몽플뢰리한테 가서 내가 보냈다고 하고 파반 무곡[5]이나 연주해 줘!

(시종들이 나가기 위해 걸어간다. 뒤에뉴에게) 록산에게 물어보러 왔소. 오늘 저녁에도······

(나가는 시종들에게) 오래, 그리고 틀리게 연주해 줘!

(뒤에뉴에게) ······영혼의 친구를 흠모하는 마음이 여전한지?

록산 (집에서 나오며) 아! 얼마나 멋있고 재치에 넘치는지! 전 그를 너무나 사랑해요!

시라노 (웃으며) 크리스티앙이······ 그렇게 재치가 많소?

록산 당신보다 더!

시라노 그렇겠지.

록산 제가 볼 때, 아무것도 아니지만 모든 것인 그 말들을 그보다 더 섬세하게 할 수 있는 사람은 없어요. 가끔 뮤즈들이 자리를 비운 듯 멍할 때도 있지만 그러다 갑자기 마음을 뒤흔들어 놓는 것들을 말해요.

---

5 16~17세기에 유행한 장중한 분위기의 춤곡.

시라노 (미심쩍다는 듯) 설마?

록산 그렇다니까요! 사람들은 흔히 생각하죠, 잘생긴 청년이니 재치는 없을 거라고!

시라노 그 친구는 마음에 대해 능숙하게 말할 줄 아나요?

록산 그는 말을 하는 게 아니라 글로 써요!

시라노 글을 써요?

록산 그 이상이에요! 조금만 들어 봐요.
(읊으며) 〈당신에게 마음을 빼앗길수록, 내 마음은 점점 더 커져만 가오!〉
(신이 나서 시라노에게) 어때요?

시라노 피!

록산 그럼 이건? 〈괴로워하려면 내게도 마음이 필요하니, 내 마음을 가지려거든 당신 마음을 내게 보내 주오!〉

시라노 때로는 과하고, 때로는 충분치 못하구먼. 그 친구 진정으로 원하는 게 정확하게 뭐야?

록산 (발을 구르며) 도대체 왜 그래요! 이건 질투예요…….

시라노 (소스라치며) ……엥?

록산 당신을 사로잡는 문인의 질투! 그럼 이건, 애틋한 사랑의 섬세한 표현이 아니고 뭐겠어요? 〈믿어 주오, 당신을 향한 내 마음의 외침이 오직 하나라는 걸, 입맞춤이 글로 보내질 수 있다면, 당신이 읽는 편지에 내 입술이 담겨 있으리라는 걸!〉

시라노 (자신도 모르게 만족스러운 듯 웃으며) 하! 하! 그 글들은…… 흠! 흠!

(정신을 추스르며 거만하게) 다 말장난이오!

록산 그럼 이건……

시라노 (몹시 기뻐하며) 그의 편지들을 외우고 있는 거요?

록산 모두!

시라노 (콧수염을 꼬며) 더 얘기할 거 없어요. 그는 아첨꾼이오!

록산 문장의 달인이에요!

시라노 (겸손하게) 오! ……달인까지야!

록산 (단호하게) 달인!

시라노 (인사를 하며) 좋아요! ……달인!

뒤에뉴 (무대로 들어와 급히 다가오며) 드 기슈 씨예요! (시라노를 집 쪽으로 밀며 그에게) 들어가세요! ……저 사람과 마주치지 않는 게 나을 것 같아요. 혹시 무슨 낌새를 챌지도 모르니까…….

록산 (시라노에게) 그래요, 내 비밀스런 연인에 대해! 그는 날 사랑해요. 그는 막강한 사람이에요. 그가 알아서는 안 돼요! 그가 내 사랑에 도끼질을 해댈지도 몰라요!

시라노 (집 안으로 들어가며) 알았어요! 알았어! 알았다니까!

드 기슈가 나타난다.

제2장

록산, 드 기슈, 뒤에뉴(멀리 떨어져서)

록산 (절을 하며 드 기슈에게) 외출하는 길이었어요.

드 기슈 작별 인사 하러 왔소.

록산 어디 떠나세요?

드 기슈 전장으로.

록산 아!

드 기슈 오늘 저녁에 바로.

록산 아!

드 기슈 명령을 받았소. 아라스를 포위하라는.

록산 아! ······포위를 해요?

드 기슈 그렇소······ 내가 떠나는 것이 기쁜 모양이구려.

록산 (공손하게) 오!

드 기슈 난 슬프오. 당신을 다시 볼 수 있을까? ······언제쯤? 내가 연대장으로 임명된 거 아시오?

록산 (건성으로) 브라보.

드 기슈 수비 연대의.

록산 (관심을 보이며) 아? 수비대?

드 기슈 허풍 떨기 좋아하는 당신 사촌 오빠가 근무하는 부대 말이오. 전장에 나가면 내가 복수를 톡톡히 해줄 거요.

록산 (목이 메어) 뭐라고요! 수비대가 출병하나요?

드 기슈 (웃으며) 그럼요! 내가 이끄는 부대니까!

록산 (벤치에 털썩 주저앉으며 혼잣말로) 크리스티앙!

드 기슈 왜 그러오?

록산 (슬픔을 주체치 못하며) 그······ 출병이······ 절 절망케 해요! 마음에 담고 있는 사람을 전장으로 보내야 하다니!

드 기슈 (깜짝 놀라 황송해하며) 내가 출병하는 날 처음으로 내게 그토록 달콤한 말을 해주는구려!

록산 (부채질을 하며 어조를 바꿔) 그러니까 제 사촌 오빠에게 복수를 하겠다고요?

드 기슈 (웃으며) 당신도 그의 편이오?

록산 아뇨, 반대예요!

드 기슈 그를 만나오?

록산 아주 드물게.

드 기슈 사방을 누비고 다니던데, 카데 하나를 데리고……. (이름을 찾는다) 뇌…… 빌랑…… 빌레……

록산 키가 큰가요?

드 기슈 금색 머리.

록산 적갈색 머리.

드 기슈 미남……

록산 피!

드 기슈 하지만 멍청이.

록산 그래 보여요.

(어조를 바꾸며) ……시라노에 대한 당신의 복수, 물론 그를 그가 그토록 좋아하는 사지로 몰아넣는 거겠죠? ……그렇다면 그건 실패예요! 그가 죽기보다 더 싫어할 게 뭔지 전 알아요!

드 기슈 그게 뭐요?

록산 그를 그의 소중한 카데들과 함께 남겨 놓고 출병하는 거예요. 전쟁 내내 파리에서 팔짱이나 끼고 있게! ……그게 그와 같은 남자를 화가 나 길길이 뛰게 만들 수 있는 유일한 방법이에요. 그에게 벌을 주고 싶으세요? 그럼 위험을 앗아 버리세요.

드 기슈 여자! 역시 여자로군! 그런 묘안을 생각해 낼 수 있는 건 여자밖에 없어!

록산 전장에 뛰어들 수 없어 그는 영혼을, 그의 친구들은 주먹을 파먹을 거예요. 그럼 당신은 복수를 하게 되는 셈이고!

드 기슈 (다가서며) 당신도 날 조금은 사랑하는군!
(록산이 웃는다) 당신이 내 복수를 거드는 걸 사랑의 증거로 여기고 싶소, 록산!

록산 맞아요. 사랑의 증거예요.

드 기슈 (봉인된 여러 장의 편지를 보여 주며) 나에게 명령서들이 있소. 지금 즉시 각 부대에 전해야 하는, 하지만······
(한 장을 뽑아낸다) 이거! 카데들 앞으로 발부된 명령서만 빼고.
(그것을 주머니에 넣는나) 이건 내가 가지고 있겠어.
(웃으며) 하! 하! 하! 시라노!······전투를 즐기는 그의 기질! 그러니까 당신도 이런 식으로 사람들을 곯리시오?

록산 (그를 쳐다보며) 가끔.

드 기슈 (그녀에게 아주 가까이 다가서며) 내가 빠져 들지 않을 수가 없다니까! 오늘 저녁, 그래요, 난 떠나야만 하오. 하지만 이런 당신을 두고 떠나야 하다니! 들어봐요, 요 근처, 오를레앙 가에 수도사 대표인 아나타즈 신부가 세운 수도원이 있는데, 속인은 함부로 못 들어간다오. 하지만 그

선량한 신부들은 내가 알아서 하겠소! 그들이 소매 안에 날 숨겨 줄 거요. 아주 넓으니까. 내 삼촌 리슐리외를 모시는 수도사들인데, 그분을 두려워하다 보니 조카인 나 역시 호랑이 보듯 한다오. 사람들은 내가 떠난 줄 알 거요. 내가 가면을 쓰고 오겠소. 출발을 하루만 늦추도록 허락해 주시오, 내 소중한 록산!

록산 (황급히) 혹시라도 알려지면, 당신의 영예가……

드 기슈 까짓 거!

록산 하지만 포위전, 아라스……

드 기슈 할 수 없지! 허락해 주시오!

록산 안 돼요!

드 기슈 허락해 주오!

록산 (애틋하게) 전 당신에게 그걸 금해야만 해요!

드 기슈 아!

록산 떠나세요!

  (혼잣말로) 크리스티앙은 두고.

  (큰소리로) 전 영웅적인 당신을 원해요, 앙투안!

드 기슈 하늘의 명령! 그러니까…… 당신의 사랑은?

록산 걱정으로 절 잠 못 이루게 만드는 사람.

드 기슈 (기뻐 어쩔 줄 모르며) 아! 떠나겠소!

  (록산의 손에 입을 맞춘다) 이제 만족하오?

록산 그래요, 내 친구!

드 기슈가 나간다.

뒤에뉴 (등 뒤에서 그에게 우스꽝스러운 절을 하며) 그래요, 내 친구.

록산 (뒤에뉴에게) 이 일에 대해선 아무 말도 마요. 전쟁을 훔쳐 갔다고 시라노가 절 원망할 거예요.
(집을 향해 외친다) 사촌!

제3장

록산, 뒤에뉴, 시라노.

록산 우린 클로미르의 집에 가요.
(맞은편 대문을 가리킨다) 알캉드르가 저기서 사랑에 대한 연설을 할 거예요. 리지몽도!

뒤에뉴 (새끼손가락을 귀에 갖다 대며) 그래요! 하지만 제 새끼손가락이 이러단 늦겠다고 말하네요!

시라노 (록산에게) 빨리 가봐요. 그 원숭이 짓거리 놓치기 전에.

그들이 클로미르 집 대문 앞에 도착한다.

뒤에뉴 (황홀해하며) 오! 보세요! 노커를 천으로 싸놓았어요!
(노커에 대고) 당신의 금속음이 아름다운 말들을 방해하지 않도록 그들이 당신의 입을 막아 놓았군요, 귀여운 훼방꾼!

(그것을 아주 조심스럽게 들어 부드럽게 두드린다)

록산 (문이 열리는 걸 보고는) ······들어가요!

(문턱에서, 시라노에게) 제 예상대로 크리스티앙이 오면 기다리라고 해주세요!

시라노 (그녀가 들어가기 전에 황급히) ······저기!

(그녀가 돌아본다) 당신들 관습대로 오늘 그에게 캐물어 볼 생각이오?

록산 그가 오면······

시라노 (급하게 말을 받으며) 그가 오면?

록산 하지만 당신은 아무 말도 마세요!

시라노 벽처럼.

록산 이렇게 말할 거예요. 자! 고삐 풀린 말처럼 달려 봐요! 털어놔 봐요. 사랑의 말을 해줘요. 눈부신 말을!

시라노 (웃으며) 좋아요.

록산 쉿!

시라노 쉿!

록산 단 한마디도!

(들어가 문을 닫는다)

시라노 (닫힌 문을 향해 인사를 하며) 분부하신 대로!

문이 열리며 록산이 고개를 내민다.

록산 그가 준비를 할 테니까요!

시라노 그러면 안 돼지!

둘이 함께 쉿!

문이 닫힌다.

시라노 크리스티앙!

제4장

시라노, 크리스티앙.

시라노 필요한 건 내 머릿속에 다 있으니 자넨 외우기만 하면 되네. 영광을 누릴 절호의 기회가 왔어. 시간 낭비하지 말도록 하세. 인상 좀 펴고. 빨리, 자네 집으로 가세. 내가 말할 걸 일러 줄 테니…….
크리스티앙 싫어요!
시라노 엥?
크리스티앙 난 여기서 록산을 기다릴 겁니다.
시라노 웬 귀신 씨 나락 까먹는 소리? 빨리 가세…….
크리스티앙 싫다고 했잖아요! 편지와 문장을 빌리는 데, 얼굴 마담 역할을 하는 데, 계속 떨고만 있는 데에 이젠 지쳤어요! ……처음엔 좋았어요! 하지만 이젠 느껴요, 그녀가 날 사랑한다는 걸! 고마워요. 난 이제 두렵지 않아요. 내가 직접 말할 겁니다.

시라노 이런!

크리스티앙 나라고 해서 못 할 거라고 누가 그러던가요? 나도 그렇게 멍청하진 않아요! 두고 봐요! 물론 당신의 가르침이 내게 큰 도움이 됐어요. 이젠 나 혼자서도 할 수 있을 겁니다. 기필코 그녀를 영원히 내 품에 안을 수 있을 거예요! (클로미르의 집에서 다시 나오는 록산을 보고) 그녀예요! 시라노, 안 돼요, 날 두고 가지 말아요!

시라노 (그에게 인사를 하며) 혼자 잘해 보셔.

(정원 벽 뒤로 사라진다)

제5장

크리스티앙, 록산. 살롱에 참석했던 몇몇 남녀, 그리고 뒤에뉴, 잠시.

록산 (일행과 함께 클로미르의 집에서 나와 서로 인사를 나누며) 바르테노이드! — 알캉드르! — 그레미온!

뒤에뉴 (아쉬워하며) 사랑에 대한 독회를 놓치고 말았어!

(록산의 집으로 들어간다)

록산 (계속 인사를 하며) 위리메동트! ……안녕!

(모두가 록산에게 인사를 하고 서로 인사를 나눈 다음 여러 갈래의 길로 흩어진다. 록산이 크리스티앙을 본다) 아, 오셨군요!

(그에게 다가간다) 어둠이 깔리고 있어요. 잠깐만, 저들이

멀어질 때까지. 날이 참 좋네요. 행인도 없고. 우리 앉아요. 당신 얘길 듣고 싶어요. 말해 보세요.

크리스티앙 (그녀 곁에 앉으며. 잠시 침묵) 당신을 사랑하오!

록산 (눈을 감으며) 그래요, 사랑을 말해 줘요.

크리스티앙 당신을 사랑하오.

록산 그건 주제죠. 수놓아 보세요, 아름답게.

크리스티앙 당신을……

록산 수를 놓아 봐요!

크리스티앙 당신을 너무나 사랑하오.

록산 물론 그렇겠죠. 그다음은?

크리스티앙 그다음은…… 당신도 날 사랑했으면 좋겠소! 말해 주오, 록산, 당신도 날 사랑한다고!

록산 (토라진 어투로) 전 크림을 바라고 있는데, 당신은 수프를 주시는군요. 절 어떻게 사랑하는지 좀 말해 볼래요?

크리스티앙 음…… 아주 많이.

록산 오! ……당신 감정들을 실타래 풀듯 풀어 놔 보세요!

크리스티앙 (그녀에게 다가가 그녀의 금빛 목덜미를 삼킬 듯 바라보며) 당신의 목! 그곳에 입을 맞추고 싶소!

록산 크리스티앙!

크리스티앙 사랑하오!

록산 (일어나려고 하며) 또!

크리스티앙 (그녀를 급히 붙들며) 아니! 난 당신을 사랑하지 않소!

록산 (다시 앉으며) 다행이군요!

크리스티앙 난 당신을 숭배하오!

록산 (벌떡 일어나 가며) 오!

크리스티앙 그래요…… 난 바보가 되어 버렸소.

록산 (냉랭하게) 그게 마음에 안 들어요! 마치 당신이 졸지에 추하게 변해 버린 것처럼.

크리스티앙 하지만……

록산 달아나는 당신의 말솜씨를 모아 보세요!

크리스티앙 난……

록산 알아요, 절 사랑하시죠. 그럼 안녕히.
　(집을 향해 걸어간다)

크리스티앙 잠깐만! 난 당신을……

록산 (들어가기 위해 문을 밀며) 숭배하시죠…… 그것도 알고 있어요. 싫어요! 싫어! 가버려요!

크리스티앙 하지만 난……

록산이 문을 쾅 닫아 버린다.

시라노 (얼마 전부터 돌아와 몰래 보고 있다가) 성공하셨군.

제6장

크리스티앙, 시라노, 시종들.

크리스티앙 도와줘요!

시라노 싫으이.

크리스티앙 다시 그녀의 마음을 얻지 못하면 난 죽어 버릴 거예요, 지금 당장……

시라노 나더러 어떡하라고, 제길! 지금 당장 모든 걸 가르쳐 달라고?

크리스티앙 (시라노의 팔을 잡으며) 오! 저기, 봐요!

발코니 창에 불이 켜진다.

시라노 (감격한 목소리로) 그녀의 창!

크리스티앙 (소리를 지르며) 나 죽어 버릴 거야!

시라노 목소리를 낮추게.

크리스티앙 (목소리를 낮춰) ……죽을 거야!

시라노 밤이 칠흑처럼 깜깜해…….

크리스티앙 그래서요?

시라노 방법이 있을 것 같아. 도와주고 싶지 않지만…… 거기 서게, 불쌍한 친구! 거기, 발코니 앞에! 내가 그 아래에 서서…… 할 말을 일러 주겠네.

크리스티앙 하지만……

시라노 입 다물어!

시종들 (안쪽에서 나타나며 시라노에게) 저기요!

시라노 쉿!

(그들에게 목소리를 낮추라는 신호를 보낸다)

첫 번째 시종 (낮은 목소리로) 몽플뢰리에게 세레나데를 불러 주고 왔어요!

시라노 (낮은 목소리로 급히) 자네는 길 저쪽에, 자네는 그 반대편으로 가서 몸을 숨기고 있다가 혹시라도 누군가가 이쪽으로 다가오면 가락을 연주하게.

두 번째 시종 어떤 가락이오, 가상디 숭배자 씨?

시라노 여자가 오면 쾌활한 곡, 남자가 오면 슬픈 곡!
(시종들이 각자 길 양쪽으로 사라진다. 크리스티앙에게) 그녀를 부르게!

크리스티앙 록산!

시라노 (돌을 주워 창유리를 향해 던지며) 잠깐! 돌을 던지는 게 낫겠어.

제7장

록산, 크리스티앙, 시라노. 처음에는 두 사람이 발코니 아래에 숨어 있다.

록산 (창문을 반쯤 열며) 날 부르는 게 누구죠?
크리스티앙 나요.
록산 나라니요?
크리스티앙 크리스티앙.
록산 (경멸의 어조로) 또 당신이세요?
크리스티앙 당신에게 말을 하고 싶소.

시라노 (발코니 아래에서 크리스티앙에게) 좋아. 좋아. 들릴 듯 말 듯 하게.

록산 싫어요! 당신은 말을 너무 못해요. 가세요!

크리스티앙 ……제발!

록산 싫어요! 당신은 이제 절 사랑하지 않아요!

크리스티앙 (시라노가 일러 주는 말을 따라 하며) 날 탓하다니, 이럴 수가, 더는 사랑하지 않는다고…… 더욱 사랑하는 나에게!

록산 (창문을 닫으려다 멈추며) 이런! 훨씬 낫잖아!

크리스티앙 (똑같이) 사랑이 나날이 커가네, 그…… 잔인한 개구쟁이가…… 요람으로 여기는…… 내 불안한 영혼 속에서!

록산 (다시 발코니로 나오며) 훨씬 나아요! 그 잔인한 사랑을 요람에서 질식시키지 않은 당신이 바보예요!

크리스티앙 (똑같이) 나 역시 시도해 보았소. 하지만…… 허사였소. 그…… 신생아는, 록산, 작은…… 헤라클레스니까.

록산 갈수록 나아요!

크리스티앙 (똑같이) 그래서 그가…… 두 마리의 뱀을…… 자존심과…… 의심을…… 손바닥 뒤집듯…… 목 졸라 죽였소.

록산 (발코니에 팔꿈치를 괴며) 아! 아주 좋아요. 그런데 왜 그렇게 더듬거리며 말하세요? 상상력이 한 방울씩 찔끔찔끔 솟아나나요?

시라노 (크리스티앙을 발코니 아래로 끌어당기고 그 자리에 대신 서서) 쉿! ……이러다간 들통 나겠어!

록산 오늘…… 당신의 말들이 왜 그리 머뭇거리죠?

시라노 (나지막하게 크리스티앙의 목소리를 흉내 내며) 캄캄한 밤이니까. 어둠을 더듬으며 당신 귀를 찾기 때문이오.

록산 내 말들은 그런 어려움을 겪지 않는데요.

시라노 그것들은 곧장 찾는다고? 오! 그건 당연하오. 난 내 가슴으로 그것들을 맞으니까. 그런데 당신 귀는 작은 반면 내 가슴은 크다오. 게다가 당신 말은 내려오니 빠르고, 내 말들은 올라가니 시간이 더 걸릴 수밖에!

록산 그런데 조금 전부턴 훨씬 빨리 올라오네요.

시라노 그것들이 그 움직임에 익숙해져 그렇다오!

록산 사실, 제가 높은 곳에서 당신에게 말을 하고 있긴 해요.

시라노 당신이 그 높이에서 내 가슴에 험한 말을 떨어뜨린다면 난 이 자리에서 즉사하고 말 거요!

록산 (움직임을 보이며) 그럼, 내려갈게요.

시라노 (황급히) 안 돼요!

록산 (발코니 아래에 있는 벤치를 가리키며) 그럼, 저 벤치 위로 올라오세요, 어서!

시라노 (질겁해 어둠 속으로 물러서며) 안 돼요!

록산 왜…… 안 되죠?

시라노 (점점 더 감격에 겨워하며) 잠시 이 기회를…… 서로를 보지 않은 채 다정하게 이야기를 나눌 수 있는 기회를 누릴 수 있게 해주오.

록산 서로를 보지 않은 채?

시라노 얼마나 멋진 일이오. 서로의 모습을 짐작만 하는 건. 당신 눈에는 끌리는 내 긴 망토의 검은색만 보이고,

　　　　난 당신 여름 드레스의 흰색만을 보고 있소.
　　　　난 오로지 어둠이고, 당신은 오로지 빛이오!
　　　　이 순간이 나에게 어떤 건지 당신은 모르오.
　　　　내가 가끔 뛰어난 말솜씨를 보이긴 하지만……

록산 그래요, 뛰어나요!

시라노 지금까지 내 언어는 결코 내 진정한 마음에서 우러난 것이 아니었소…….

록산 왜요?

시라노 왜냐하면…… 지금까지 난……

록산 뭐죠?

시라노 ……누구든 당신 앞에만 서면 떨게 만드는 현기증을 통해서만 말했소! ……그래서 오늘밤 난 ……마치 처음으로 당신에게 말을 하는 것 같소!

록산 정말, 당신 목소리가 완전히 달라진 것 같아요.

시라노 (열정적으로 다가서며) 그렇소, 완전히 달라졌소. 날 보호해 주는 이 어둠 속에서 난 마침내 감히 나 자신이 되었으니까. 그리고 감히…….
(말을 멈추고 정신이 없어 하며) 내가 무슨 말을 하려고 했지? 그러니까…… 이 모든 건, 내 횡설수설을 용서해 주시오, 너무나 달콤하오……. 이건 나에겐 너무나 새로운 경험이오!

록산 너무나 새로운?

시라노 (크게 당황해, 그리고 계속 말을 이어 가려고 애쓰며) 너무나 새로운…… 그렇소, 솔직해질 수 있으니까. 놀림을 당하면 어쩌나 하는 두려움에 늘 가슴이 죄어 오고……

록산 놀림이라뇨?

시라노 에…… 이 걱정에 대한 놀림! ……그렇소,
내 마음은 늘 부끄러워 재치로 속내를 감추고 있다오.
별을 따러 떠난 나는 행여나 우스꽝스러워 보일까 봐
멈춰 서서 작은 꽃을 따고 만다오!

록산 작은 꽃도 좋잖아요.

시라노 오늘밤, 그깟 것은 무시합시다!

록산 당신은 이렇게 말한 적이 한 번도 없었어요!

시라노 아! 화살 통, 횃불, 화살들로부터 멀리 있다 보면
마음이 기울게 된다오, 보다…… 신선한 것들 쪽으로!
영혼이 어떻게 목을 축이는지 알고자 한다면,
그것이 섬세한 금으로 만든 어여쁜 골무로
리뇽 강의 미지근한 물을 홀짝거리기보다는
큰 강에 입을 담그고 실컷 들이켠다는 걸 알기를!

록산 하지만…… 재치는?

시라노 난 처음에 당신을 붙잡아 두기 위해 재치를 부렸소.
하지만 오늘밤, 부아튀르[6]의 연애편지처럼
말하는 것은 이 밤, 이 향기들, 이 시간,
그리고 자연을 욕하는 셈이 될 거요!
저 무수한 별들이 던지는 단 한 번의 눈길로 하늘이
우리의 모든 가식을 무장 해제 시키도록 내버려 둡시다.
우리가 부리는 섬세한 연금술의 틈바구니에서

---

6 Vincent Voiture(1597~1648). 프랑스 시인. 아름다운 문체의 서한문으로 유명하다. 아카데미 회원.

　　　　진정한 감정이 사라져 버리지나 않을까
　　　　난 너무나 두렵소.
　　　　그 헛된 심심풀이 말장난으로 영혼이 비어 버릴까 봐,
　　　　섬세하다 못해 섬세함의 종말에 이르게 될까 봐.
록산　하지만 재치는?
시라노　난 사랑에 있어서 재치를 혐오하오! 그 검술을
　　　　너무 오래 연장하고자 하는 것은 하나의 범죄요!
　　　　게다가 그 순간은 필연적으로 오게 되어 있소,
　　　　그 순간을 결코 맞지 못하는 이들이 난 불쌍하오!
　　　　우리 안에 고귀한 사랑이 존재한다는 걸 느끼는 순간이,
　　　　우리가 내뱉는 재치 있는 말들이
　　　　우릴 슬프게 만드는 순간이!
록산　좋아요! 그 순간이 우리 두 사람에게 왔다면, 당신은 내게 어떤 말을 하시겠어요?
시라노　그 모든, 그 모든, 날 찾아올 그 모든 말들을
　　　　당신에게 던지겠소, 다발로 엮지 않고
　　　　오는 그대로 이렇게……. 당신을 사랑하오,
　　　　숨이 막히오, 사랑하오, 미칠 것만 같소,
　　　　더는 견딜 수가 없소, 너무하오.
　　　　당신 이름은 방울 속처럼 내 마음 속에 들어 있소.
　　　　그리고 록산, 시도 때도 없이 내가 전율하기에,
　　　　수시로 그 방울이 흔들리고, 그 이름이 소리를 내오!
　　　　난 당신에 관한 모든 걸 기억하고, 모든 걸 사랑했소.
　　　　난 지난해 어느 날, 5월 12일, 당신이 외출하기 위해

아침에 머리 모양을 바꿨다는 사실마저도 알고 있소.
난 당신 머릿결에서 뿜어져 나오는 광채에 사로잡혀,
태양을 너무 오래 바라보고 있으면 그다음엔
모든 것에서 붉은 원만 보이는 것처럼,
당신에게서 쏟아지는 그 불빛을 떠났을 때,
눈먼 내 눈길은 모든 것에 금빛 얼룩들을 찍어 놓았소.

록산 (떨리는 목소리로) 그래요, 그건 진정 사랑이에요······.
시라노 물론이오, 날 사로잡는,
질투에 몸서리치는 이 끔찍한 감정, 이건 진정
사랑이오. 슬픈 격정으로 가득한 이것은 진정
사랑이오. 하지만 이것은 이기적인 감정은 아니오!
아! 당신의 행복을 위해서라면 내 행복을 바치겠소,
당신이 영영 아무것도 모른다 할지라도,
가끔 멀찌감치 서서 내 희생에서 탄생된
행복이 웃는 것을 잠시 들을 수만 있다면!
당신이 던지는 눈길은 매번 나에게 새로운
덕성과 용기를 부추긴다오! 이제 당신도
이해하기 시작하오? 당신도 깨달았소?
이 어둠 속에서 올라가는 내 영혼을 느끼오?
오! 진정 오늘밤은 너무나 아름답고,
너무나 부드럽소! 난 이 모든 걸 말하고,
당신은 내 말에 귀 기울이고 있소!
과분하여라! 가장 겸허한 내 희망 속에서조차
난 결코 이 정도는 바라지 않았소! 이제 나에겐

죽는 일밖에 남지 않았소! 푸른 잔가지들 사이에서 그녀가 떠는 것은 내가 던지는 말들 때문이오! 왜냐하면 당신이 잎들 중 하나처럼 떨고 있으니까! 당신이 떨고 있으니까! 당신이 원하든 원치 않든, 당신 손의 사랑스러운 떨림이 재스민의 가지들을 따라 전해져 내려오는 것을 내가 느꼈으니까!
(늘어져 있는 한 가지 끝에 대고 열렬히 입을 맞춘다)

록산 그래요, 전 떨고 있어요. 울고 있어요. 그리고 사랑해요. 전 당신 거예요! 당신이 절 취하게 만들었어요!

시라노 그렇다면 죽음이 오기를!
이 도취, 그걸 불러일으킨 게 나, 바로 나니까!
이제 내가 원하는 건 단 한 가지……

크리스티앙 (발코니 아래에서) 입맞춤!

록산 (황급히 뒤로 물러나며) 엥?

시라노 오!

록산 뭘 원한다고요?

시라노 그러니까…… 나는……
(크리스티앙에게 낮은 목소리로) 자네 너무 성급했어.

크리스티앙 그녀가 정신을 못 차리고 있으니 그 기회를 이용해야죠!

시라노 (록산에게) 그렇소, 난…… 난 원했소. 사실…… 제길! 내가 너무 당돌했다는 건 나도 알고 있소.

록산 (약간 실망하며) 그러니까 더는 요구하지 않을 건가요?

시라노 아니, 난 요구하오…… 요구하지 않은 채! ……그렇소! 당신이 너무 부끄러워할까 봐! 좋소! 그렇다면 그 입맞춤…… 나에게 허락하지 마시오!

크리스티앙 (망토를 잡아당기며 시라노에게) 아, 왜?

시라노 입 다물어, 크리스티앙!

록산 (내려다보며) 금방 뭐라고 소곤거렸어요?

시라노 너무 지나친 걸 요구한 나 자신을 꾸짖었소. 이렇게, 입 다물어, 크리스티앙!

티오르바가 연주되기 시작한다.

시라노 ……잠깐만! 누가 오고 있어!
(록산이 창문을 닫는다. 시라노가 한쪽은 활기찬 가락을, 다른 한쪽은 음울한 가락을 연주하는 티오르바 소리에 귀를 기울인다)
슬픈 곡조? 쾌활한 곡조? ……도대체 뭐가 맞는 거지? 남자일까? 아니면 여자일까? 아! 수도사군!

수도사 하나가 등을 손에 들고 이 집 저 집 문을 들여다보며 들어온다.

제8장

시라노, 크리스티앙, 수도사.

시라노 (수도사에게) 무엇 때문에 디오게네스 흉내를 내고 다니는 거요?

수도사 어떤 부인의 집을 찾고 있소…….

크리스티앙 어서 지나가지!

수도사 마그들렌 로뱅이라고…….

크리스티앙 무슨 일이지?

시라노 (오르막길을 가리키며) 저쪽이오! 앞으로 곧장, 계속 앞으로…….

수도사 당신을 위해 묵주가 닳도록 기도하겠소. 고마워요! (퇴장한다)

시라노 행운을 빌어요! 내 소원이 당신의 두건을 따르기를! (다시 크리스티앙에게 다가간다)

제9장

시라노, 크리스티앙.

크리스티앙 입맞춤을 얻게 해줘요!

시라노 싫네!

크리스티앙 하지만 조만간…….

시라노 그건 그래! 자네의 금빛 콧수염과 그녀의 장밋빛 입술 때문에 취한 입들이 서로를 향해 다가갈 그 현기증 나는 순간이 오겠지!

(자기 자신에게) 난 차라리 그 입맞춤의 이유가……

덧문이 열리는 소리, 크리스티앙이 발코니 아래로 숨는다.

제10장

시라노, 크리스티앙, 록산.

록산 (발코니로 나오며) 당신이세요? 우리가 아까 얘기했던
   게…… 그러니까……
시라노 달콤한 낱말, 입맞춤이었죠.
   당신의 입술이 왜 그걸 감행하지 않는지 난 모르겠소.
   그것이 이미 당신의 입술에 불을 지피고 있는데도?
   부디 그것을 끔찍한 일로 여기지 마시오.
   당신은 조금 전에 이미, 거의 자신도 모르게
   장난삼아 하는 희롱을 떠나 미소에서 한숨으로,
   한숨에서 눈물로 건너가지 않았소!
   눈물에서 입맞춤까지는 거기가 거기라오!
록산 그만 하세요!
시라노 입맞춤, 터놓고 말해 그것이 무엇이오?
   약간 더 가까이에서 한 맹세, 보다 확실한 약속,
   다시 확인되는 고백, 〈사랑하다〉라는 동사의 i[7]에 찍는
   장밋빛 점이 아니오.

그것은 입을 귀로 여기는 비밀이자,
꿀벌의 윙윙거림만 들리는 무한의 순간,
꽃의 맛을 느끼게 해주는 결합,
서로의 마음을 약간 호흡하고, 입술 끝으로
서로 영혼을 약간 맛보는 방식 아니오!

록산 그만 해요!

시라노 입맞춤, 그것은 너무나 고귀해
프랑스의 여왕도 귀족 중 가장 행복한 자에게
한 번 맛볼 수 있게 했소, 여왕조차도!

록산 그렇다면!

시라노 (열광하며) 나도 버킹엄처럼 말 없는 고통을 겪었소.
그처럼 나도 여왕인 당신을 흠모하오.
그처럼 나도 슬프고 충실하오······.

록산 그리고 당신은 그처럼 잘생겼죠!

시라노 (미망에서 깨어나 혼잣말로) 그래, 난 미남이지, 잊고 있었어!

록산 좋아요! 올라오세요, 견줄 바 없는 그 꽃을 꺾으러······

시라노 (크리스티앙을 발코니를 향해 밀며) 올라가게!

록산 그 마음의 맛을······

시라노 올라가라니까!

록산 그 꿀벌의 윙윙거림을······

시라노 올라가!

---

7 프랑스어로 〈사랑하다〉는 *aimer*이다.

크리스티앙 (망설이며) 하지만 지금은 안 하는 게 좋을 것 같아요!

록산 그 무한의 순간을……

시라노 (크리스티앙을 밀며) 글쎄, 올라가라니까, 멍청이!

크리스티앙이 펄쩍 뛰어올라, 벤치, 나뭇가지, 기둥을 이용해 발코니 난간까지 올라간다. 그리고 그것을 훌쩍 뛰어넘는다.

크리스티앙 아! ……록산!

(록산을 껴안고 입을 맞춘다)

시라노 아야! 가슴을 찌르는 이 묘한 통증!
 오, 입맞춤, 내가 나자로 역을 맡은 사랑의 잔치!
 이 어둠 속의 나에게도 네 고물이 떨어지는구나.
 그래, 나도 널 받아들이는 내 가슴이 약간 느껴져.
 왜냐하면 록산이 착각하고 있는 저 입술 위에서
 그녀가 입 맞추는 것은 내가 방금 말한 말들이니까!

티오르바 소리가 들려온다.

시라노 슬픈 곡조, 쾌활한 곡조, 아까 그 수도사로군!
 (마치 금방 도착한 것처럼 뛰어오는 시늉을 하며 분명한 목소리로) 어이!

록산 누구예요?

시라노 나요. 지나가던 길인데…… 크리스티앙 아직 거기 있소?

크리스티앙 (깜짝 놀라며) 아니, 시라노!

록산 안녕, 사촌!

시라노 안녕, 사촌!

록산 내려갈게요!

(집 안으로 사라진다. 무대 안쪽에서 수도사가 들어온다)

크리스티앙 (시라노를 보고는) 오! 또!

(록산을 따라 들어간다)

제11장

시라노, 크리스티앙, 록산, 수도사, 라그노.

수도사 마그들렌 로뱅의 집은 여기가 분명하오!

시라노 아간 로랭이라고 했잖소.

수도사 아뇨. 뱅, B, i, n, 뱅!

록산 (등을 든 라그노와 크리스티앙을 대동하고 집 문턱을 나서며) 무슨 일이죠?

수도사 편지예요.

크리스티앙 엥?

수도사 (록산에게) 오! 틀림없이 무슨 성스러운 일과 관련된 걸 겁니다! 어떤 품위 있는 귀족 분께서……

록산 (크리스티앙에게) 드 기슈예요!

크리스티앙 그가 감히?

록산 오! 하지만 그가 영원히 날 못살게 굴진 못할 거예요!
(편지를 뜯으며) 난 당신을 사랑해요. 만약……
(라그노가 든 등 불빛에 편지를 읽는다. 혼자, 낮은 목소리로)
〈록산, 북소리가 울려 퍼지고, 내 연대가 출병을 서두르고 있소. 하지만 이미 떠난 것으로 되어 있는 나는 남을 것이오. 난 당신의 뜻을 어기고 이 수도원에 숨어 있소. 난 당신을 찾아갈 거요. 그래서 그 전에 염소처럼 단순해 이 일에 대해선 아무것도 이해할 수 없는 한 수도사 편으로 이 편지를 보내오. 아까 당신 입술은 너무 많은 미소를 지었소. 그 미소가 다시 보고 싶구려. 사람들을 내보내고, 바라건대 이미 용서받은 당돌한 자를 부디 받아 주시오. 당신을 흠모하는…… 등등……〉
(수도사에게) 신부님, 이 편지의 내용은 이래요. 들어 보세요.
(모두가 다가서고, 그녀가 큰소리로 읽는다)
〈록산, 당신에겐 너무나 가혹한 일일 수도 있겠지만 추기경의 뜻에 따라야만 하오. 그래서 당신의 매력적인 손에 이 편지를 전하기 위해 더없이 성스럽고, 더없이 총명하고 입이 무거운 수도사 한 분을 택했소. 우린 그분이 당신의 거처에서 당신에게 즉시……〉
(페이지를 넘긴다)
〈혼인의 축복을 내려 주시길 바라오. 크리스티앙은 비밀리에 당신의 남편이 되어야 하오. 내가 당신에게 그를 보내오. 싫더라도 받아들이시오. 하늘이 당신의 헌신을 축복하리라고 생각하고, 당신의 겸허한 친구였고 영원히 그렇게

남을 사람의 마음을 받아 주시오…… 등등.〉

수도사 (환한 표정으로) 자상하기도 하시지! ……내가 말했잖소. 그럴 줄 알았다니까! 성스러운 일과 관련된 것일 수밖에 없었어!

록산 (크리스티앙에게 낮은 목소리로) 내가 편지를 아주 잘 읽지 않았나요?

크리스티앙 흠!

록산 (절망에 빠진 듯 큰 목소리로) 아! ……끔찍해라!

수도사 (등으로 시라노를 비추며) 당신이오?

크리스티앙 접니다!

수도사 (그를 향해 등을 돌리고는 미남인 그를 보고 의심이 이는 듯) 하지만……

록산 (다급하게)
〈추신, 수도원에 120피스톨[8]을 기부하시오.〉

수도사 이런, 고마울 데가 있나!
(록산에게) 받아들이시오!

록산 (어쩔 수 없다는 듯) 받아들이겠어요!
(크리스티앙의 안내에 따라 라그노가 수도사에게 문을 열어 주는 사이, 그녀가 시라노에게 속삭인다) 드 기슈가 올 거예요! 여기 붙들어 두세요! 예식이 끝날 때까지는 들어오지 못하게…….

시라노 알았소!

---

8 앙시앵 레짐의 화폐 단위. 10리브르에 해당.

(수도사에게) 그들을 축복해 주려면 ······시간이 얼마나?

수도사 15분 정도.

시라노 (집을 향해 그들 모두를 떠밀며) 다들 가요! 난 여기 남겠소!

록산 (크리스티앙에게) 와요!

수도사와 록산, 크리스티앙이 들어간다.

제12장

시라노, 혼자.

시라노 15분 동안 드 기슈를 어떻게 붙들어 두지?
(급히 벤치 위로 올라가 발코니를 향해 벽을 기어오르며) 그래! ······올라가자! ······계획이 떠올랐어!
(티오르바가 음침한 가락을 연주하기 시작한다) 오! 남자로군!
(트레몰로가 음산해진다) 오! 오! 이번엔 분명하군!
(발코니 위에 서서 펠트 모자를 눌러 쓴다. 칼을 내려놓고 망토를 두른 다음, 몸을 숙여 아래를 내려다본다) 아냐, 이 높이로는 안 되겠어!
(난간을 넘어 정원 담 위로 솟아 있는 나무들 중 하나의 긴 가지를 자기 쪽으로 끌어당긴다. 그러고 나서 뛰어내릴 준비를 하며 그 가지에 두 손으로 매달린다) 내가 공기를 약간 어지

럽혀 놓아야겠어!

제13장

시라노, 드 기슈.

드 기슈 (가면을 쓴 채 어둠 속을 더듬으며 들어온다) 그 빌어먹을 수도사는 도대체 어디서 뭘 하고 있는 거야?
시라노 아참! 내 목소리…… 그가 내 목소리를 알아들으면? (한 손을 놓으며 그가 보이지 않는 태엽을 돌리는 시늉을 한다) 끼릭! 끼릭!
(엄숙하게) 다시 베르주라크 사투리 억양을 취할지어다!
드 기슈 (집을 바라보며) 그래, 여기야. 잘 안 보이는군. 이 빌어먹을 가면 때문에!

드 기슈가 안으로 들어가려 한다. 시라노가 발코니에서 뛰어내린다. 두 손으로 잡은 가지가 휘어지며 그를 문과 드 기슈 사이에 내려놓는다. 그가 마치 아주 높은 곳에서 떨어진 시늉을 하며 바닥에 납작 엎드린다. 그가 정신이 없는 것처럼 잠시 꼼짝도 하지 않는다. 드 기슈가 놀라 뒤로 흠칫 물러선다.

드 기슈 엥? 뭐야?

드 기슈가 고개를 들어 올려다봤을 때는 나뭇가지가 다시 튕겨져 올라간 후다. 그래서 그의 눈에는 하늘밖에 보이지 않는다. 그는 이해할 수가 없다.

드 기슈 이 사람 어디서 떨어진 거야?

시라노 (바닥에서 일어나 앉으며 가스코뉴 지방 억양으로) 달에서!

드 기슈 어디서?

시라노 (꿈에서 깨어난 듯한 목소리로) 지금 몇 시지?

드 기슈 정신 나간 거 아냐?

시라노 몇 시지? 어느 나라지? 며칠이지? 무슨 계절이지?

드 기슈 이런······

시라노 정신이 없군!

드 기슈 선생······

시라노 폭탄처럼 난 달에서 떨어졌어!

드 기슈 (안달을 하며) 이것 보쇼! 선생!

시라노 (일어나며 쩌렁쩌렁한 목소리로) 난 달에서 떨어졌어!

드 기슈 (물러서며) 알았어요, 알았어! 당신 거기서 떨어졌소! ······아무래도 미친 사람 같아!

시라노 (그를 향해 다가가며) 난 은유적인 의미로 달에서 떨어진 게 아니오!

드 기슈 도대체······

시라노 백년인지 아니면 단 1분인지, 내 추락이 얼마 동안 지속되었는지 난 전혀 모르오! 어쨌든 난 저 주황색의 공 속에 있었소!

드 기슈 (어깨를 으쓱하며) 알았으니 날 지나가게 해주시오!

시라노 (막아서며) 여기가 어디죠? 솔직히 말해 줘요! 아무것도 숨기지 말고! 내가 어떤 장소, 어떤 곳에 운석처럼 떨어진 거요, 선생?

드 기슈 이것 참!

시라노 떨어지면서 난 내 추락 지점을 택할 수가 없었소. 그래서 난 내가 어디 떨어졌는지 전혀 모르오! 여기가 달이요, 아니면 지구요, 내 무거운 엉덩이가 도대체 날 어디로 이끈 거요?

드 기슈 난 지금 바쁜 몸이오, 선생······.

시라노 (드 기슈를 뒤로 물러서게 하는 끔찍한 비명을 지르며) 아! 맙소사! ······이 나라 사람들은 얼굴이 모두 시커먼 모양이군!

드 기슈 (손을 얼굴로 가져가며) 뭐라고?

시라노 (두려움을 과장하며) 내가 알제[9]에 와 있는 거요? 당신은 원주민이오?

드 기슈 (가면의 존재를 알아차리고) 아, 이 가면!

시라노 (약간 마음이 놓이는 시늉을 하며) 그럼 여기가 베니스, 아니면 제노바요?

드 기슈 (지나가려 하며) 한 부인이 날 기다리고 있소!

시라노 (완전히 마음이 놓인 듯) 그럼, 여긴 파리로군.

---

9 알제리의 수도.

드 기슈 (자기도 모르게 피식 웃으며) 정말 웃기는 사람이군!

시라노 아! 방금 웃으셨소?

드 기슈 그래요, 웃었소. 좀 비켜 주시오!

시라노 (환한 표정으로) 내가 다시 떨어진 곳이 파리였군!

(한시름 놓은 듯 편안하게 웃고, 먼지를 털고, 인사를 하며)
용서하시오! 마지막 회오리바람을 타고 도착하는 바람에 에테르[10]를 약간 뒤집어썼소이다. 난 긴 여행을 했소! 눈에도 천체들의 먼지가 잔뜩 들어갔지. 내 박차에는 아직도 혹성의 털 오라기 몇 개가 붙어 있다오!

(소매에서 뭔가를 떼어 내며)
봐요, 내 저고리에 붙은 혜성의 머리카락을!

(그가 그것을 날려 보내려는 것처럼 입김을 훅 분다.)

드 기슈 (화가 나서) 선생!

시라노 (그가 지나가려는 순간 뭔가를 보여 주기 위해서인 양 다리를 내밀어 길을 막으며) 보시오, 내 종아리에 남아있는 큰곰 이빨 자국을. 그리고 삼지창을 스쳐 지나오면서 그 세 창 중에 하나를 피하려다 그만 천칭에 털썩 주저앉고 말았다오. 그 천칭 침이 지금 저 위에서 내 몸무게를 가리키고 있다오!

(지나가려는 드 기슈를 급히 막으며 그의 저고리 단추를 잡고)
선생, 당신이 손가락으로 내 코를 잡고 누르면 우유가 솟아날 게요!

---

10 고대인들이 하늘을 채우고 있다고 생각한 영기.

드 기슈 엥? ……우유?

시라노 은하수[11]의 우유!

드 기슈 오! 지옥에 떨어질!

시라노 날 보낸 건 하늘이오!

(팔짱을 끼며) 내가 떨어지면서 아닌 밤중에 괴상한 터번 차림의 시리우스를 봤다고 한다면 믿으시겠소?

(비밀스럽게) 또 한 마리 곰이 물기에는 아직 너무 작다고 한다면.

(웃으며) 내가 줄 하나를 끊어 먹으며 거문고[12]를 관통했다면!

(당당하게) 난 이 모든 걸 책으로 쓸 작정이오. 위험을 무릅쓰고 눌어붙은 내 망토로 싸가지고 온 그 황금빛 별들이 그 책을 인쇄할 때 별표로 사용될 거요!

드 기슈 글쎄 난……

시라노 난 당신이 뭘 원하는지 알고 있소!

드 기슈 선생!

시라노 당신은 내 입을 통해 듣고 싶어 하오, 달이 어떻게 생겼는지, 그 증류 솥의 둥근 뱃속에 과연 누가 살고 있는지.

드 기슈 (소리를 빽 지르며) 싫다니까! 난 그저……

시라노 내가 어떻게 거기로 올라갔는지 알고 싶소? 그건 내가 발명한 방법을 통해서였소.

---

11 은하수를 뜻하는 프랑스어 *Voie Lactée*를 우리말로 직역하면 〈젖의 길〉이 된다.
12 큰곰, 삼지창, 천칭, 시리우스, 작은곰, 거문고, 모두 별자리 이름.

드 기슈 (기가 차는 듯) 완전히 미쳤구먼!

시라노 (경멸의 어조로) 난 레지오몬타누스[13]의 멍청한 독수리도 아르키타스[14]의 소심한 새도 다시 만들지 않았소!

드 기슈 미치광이야, 미치광이 과학자.

시라노 아니, 난 누가 이전에 했던 것은 전혀 모방하지 않았소!

드 기슈가 지나가는 데 성공해 록산의 집 문을 향해 걸어간다. 시라노가 여차하면 붙잡을 작정으로 그를 좇아간다.

시라노 난 전인미답의 창공을 범하기 위한 여섯 가지의 방법을 발명했소!

드 기슈 (돌아보며) 여섯 가지?

시라노 (달변으로) 난 양초처럼 완전히 벌거벗은 다음, 하나같이 아침 하늘의 눈물들로 가득한 크리스털 병들을 대롱대롱 매달 수도 있었소. 그러면 찬란하게 떠오른 아침 해가 아침이슬과 더불어 내 몸을 빨아들였을 거요!

드 기슈 (깜짝 놀라 시라노를 향해 한 발짝 다가서며) 그렇군! 좋소, 그게 하나요!

시라노 (그를 반대편으로 끌어들이기 위해 물러서며) 또한 나는 이십면체의 뜨거운 거울들을 이용해 삼나무 상자 속의 공기를 희박하게 한 다음 바람이 몰려들게 해서 추진력을

---

13 Regiomontanus(1436~1476). 독일 천문학자, 수학자.
14 Archytas(B.C. 430~365). 그리스 정치가, 기술자, 피타고라스학파의 수학자. 나무로 하늘을 나는 새를 만드는 등, 기술적 재능이 뛰어났다.

얻을 수도 있었을 거요!

드 기슈 (또다시 한 발짝 다가서며) 둘이오!

시라노 (여전히 물러서며)

아니면, 화약 전문가이자 기계 발명가로서,
쇠 방아쇠가 달린 용수철 발판 위에 선 다음,
화약을 연속적으로 터뜨려 별들이 풀을 뜯는
푸른 초원으로 날아갈 수도 있었소!

드 기슈 (자기도 모르게 시라노를 따라가며, 손가락으로 수를 세며) 셋이오!

시라노 연기가 하늘로 올라가는 성질이 있으니, 구체에 날 실어 갈 정도의 연기를 채울 수도 있었소!

드 기슈 (점점 더 놀라 같은 동작을 하며) 넷이오!

시라노 달이 가장 가늘어질 때 포이베[15]가 황소들의 골수를 즐겨 빠니…… 내 몸에 그걸 바를 수도 있었소!

드 기슈 (넋이 빠져) 다섯이오!

시라노 (말을 하며 그를 광장 반대편 한 벤치까지 이끌어 간 다음 끝으로, 쇠판 위에 서서)

자석 조각을 공중으로 던질 수도 있었소! 이게 아주 쓸 만한 방법이오. 자석이 날아오르자마자 그 힘에 이끌려 쇠판이 그것을 좇고, 자석을 집어 아주 빨리 다시 던지고, 그렇게 한없이 높이 올라갈 수 있다오.

드 기슈 여섯이오! 정말 탁월한 여섯 가지 방법이로군! ……그

---

15 그리스 신화에 등장하는 티탄족 여신 중의 하나. 달의 여신으로 여겨진다.

런데 당신은 그 여섯 중에 어떤 걸 택하셨소, 선생?

시라노 일곱 번째 방법!

드 기슈 이런, 설마! 그건 어떤 거죠?

시라노 어디 한번 알아맞혀 보시오!

드 기슈 이거 점점 흥미로워지는군!

시라노 (묘한 몸짓과 함께 파도 소리를 내며) 철썩! 철썩!

드 기슈 이런, 이런!

시라노 아시겠소?

드 기슈 아뇨!

시라노 조수! 파도가 달에 이끌리는 시각에, 난 모래 위에 섰소. 해수욕을 한 후에 — 그리고 머리가 먼저 출발했다오, 선생. 왜냐하면 머리카락이 물에 젖어 있었으니까. 난 날아올랐소. 곧장, 똑바로, 천사처럼. 난 계속 올라갔소. 천천히, 힘들이지 않고. 그러다 큰 충격을 느꼈소! 그래서 보니……

드 기슈 (호기심에 이끌려 벤치에 앉으며) 보니?

시라노 보니……

(본래 목소리로 되돌아오며) 15분이 지났으니, 이제 당신을 놓아 주겠소. 결혼은 성사되었소.

드 기슈 (벌떡 일어나며) 이런, 내가 이야기에 취해 있었어! 이 목소리는?

집 문이 열리고, 하인들이 불이 켜진 큰 촛대를 들고 나타난다. 환한 조명. 시라노가 눌러쓰고 있던 모자를 벗는다.

드 기슈 그리고 저 코! ……시라노?
시라노 (인사를 하며) 그들은 조금 전에 반지를 교환했소.
드 기슈 도대체 누가?

드 기슈가 뒤를 돌아본다. 하인들 뒤에 록산과 크리스티앙이 손을 맞잡고 서 있다. 수도사가 환하게 웃으며 그들을 따른다. 라그노가 횃불을 치켜든다. 뒤에뉴가 잠옷차림으로 넋이 빠져 마지막으로 나온다.

드 기슈 맙소사!

제14장

같은 인물들, 록산, 크리스티앙, 수도사, 라그노, 하인, 뒤에뉴.

드 기슈 (록산에게) 당신!
 (황망 중에 크리스티앙을 알아보며) 저 친구!
 (록산에게 감탄의 인사를 하며) 정말 대단하시오!
 (시라노에게) 축하드리는 바이오, 기계 발명가 선생. 당신 얘기는 성인마저도 천국의 문턱에서 멈춰 서게 만들었을 거요! 자세히 기록해 두구려. 책으로 내면 대 성공을 거둘 테니까!
시라노 (고개 숙여 인사하며) 그 충고에 따를 것을 약속드리죠, 백작.

수도사 (드 기슈에게 신혼부부를 가리키며 만족스러운 듯 흰 수염으로 뒤덮인 턱을 끄덕이며) 당신의 배려로 결합된 정말 멋진 한 쌍입니다!

드 기슈 (차가운 눈으로 그를 쏘아보며) 그렇군요.
(록산에게) 남편에게 작별 인사나 하시지요, 부인.

록산 예?

드 기슈 (크리스티앙에게) 연대가 이미 출발했네. 자네도 어서 합류하게!

록산 전쟁터로 가게요?

드 기슈 물론!

록산 카데들은 안 가잖아요!

드 기슈 아니, 갈 거요.
(주머니에서 종이를 꺼내며) 명령서가 여기 있으니까.
(크리스티앙에게) 자네가 가지고 달려가게, 남작.

록산 (크리스티앙에 품에 뛰어들며) 크리스티앙!

드 기슈 (빈정거리며 시라노에게) 첫날밤은 아직 멀었소, 그려!

시라노 (혼잣말로) 내가 크게 실망할 줄 아는 모양이군!

크리스티앙 (록산에게) 오! 당신의 입술, 한 번만 더!

시라노 이보게, 이제 그만!

크리스티앙 (록산에게 계속 입을 맞추며) 그녀를 두고 떠나는 건 너무 힘들어…… 당신은 몰라…….

시라노 (그를 끌고 가려고 애쓰며) 나도 알아.

멀리서 행진을 알리는 북소리가 들려온다.

드 기슈 (무대 안쪽으로 올라가며) 연대가 출발하고 있소!

록산 (시라노가 계속 끌고 가려고 하는 크리스티앙을 붙들며 그에게) 오! ……그를 당신에게 맡길게요! 그 무엇도 그의 목숨을 위험에 처하게 하지 않을 거라고 약속해 줘요!

시라노 애써 보겠소…… 하지만 약속할 수는 없소…….

록산 (같은 동작을 하며) 그가 신중하게 행동하도록 하겠다고 약속해 줘요!

시라노 그러도록 노력하겠소. 하지만……

록산 (같은 동작을 하며) 약속해 줘요, 그 끔찍한 포위전에서도 그를 추위에 떨게 하지 않겠다고!

시라노 최선을 다하겠소. 하지만……

록산 (같은 동작을 하며) 결코 날 배신하게 놔두지 않겠다고!

시라노 물론 그러겠소! 하지만……

록산 (같은 동작을 하며) 나에게 자주 편지를 쓰게 하겠다고!

시라노 (멈춰 서며) 아, 그건 분명히 약속하겠소!

막

제4막

가스코뉴의 카데들

아라스 포위전에서 카르봉 드 카스텔잘루의 부대가 점하고 있는 진지. 안쪽, 비탈이 무대 전체를 가로지른다. 그 너머로 평원의 지평선이 보인다. 평원은 공격을 위한 장비와 시설로 뒤덮여 있다. 아주 멀리, 아라스의 성벽과 지붕들의 실루엣이 어렴풋이 보인다.

천막들, 흩어져 있는 무기들, 북들 등. 해 뜨기 직전. 노랗게 물든 동쪽 하늘. 여기저기 서 있는 보초들. 곳곳에 모닥불.

가스코뉴 카데들이 망토로 몸을 감싼 채 자고 있다. 카르봉 드 카스텔잘루와 르 브레가 순찰을 돈다. 그들의 얼굴은 창백하고 비쩍 말라 있다. 크리스티앙이 무대 전면에서 다른 카데들과 함께 망토를 두른 채 자고 있다. 모닥불이 그의 얼굴을 환히 비춘다. 침묵.

제1장

크리스티앙, 카르봉 드 카스텔잘루, 르 브레, 카데들, 뒤이어 시라노.

르 브레 끔찍하군!
카르봉 그래, 아무것도 안 남았어.
르 브레 제기랄!
카르봉 (목소리를 낮추라는 신호를 하며) 욕도 소리 죽여 하게나! 그들이 깨겠어.
  (카데들에게) 아무것도 아니니 푹 자게!
  (르 브레에게) 잠을 자야 배가 안 고프지!
르 브레 잠이 안 오면 배도 더 고파요! 아, 배고파라!
  (멀리서 총성이 들려온다)
카르봉 아! 빌어먹을! 저 놈의 총성! 내 새끼들 다 깨워 놓겠군!
  (고개를 드는 카데들에게) 자게!
  (그들이 다시 눕는다. 더 가까운 곳에서 또다시 총성)
한 카데 (몸을 뒤척이며) 제기랄! 또?
카르봉 아무것도 아니네! 시라노가 돌아오는 소리야!

고개를 들었던 카데들이 다시 눕는다.

한 보초 (밖에서) 꼼짝 마! 거기 누구냐?
시라노의 목소리 베르주라크!
보초 (비탈 위에서) 꼼짝 마! 거기 누구냐?

시라노 (위로 모습을 드러내며) 베르주라크라고 했잖아, 이 바보야!

(아래로 내려온다. 르 브레가 불안한 표정으로 그를 맞으러 간다)

르 브레 아! 맙소사!

시라노 (아무도 깨우지 말라는 신호를 보내며) 쉿!

르 브레 다쳤나?

시라노 그들이 매일 아침 날 놓치는 데 습관이 붙은 건 자네도 잘 알잖나!

르 브레 그래도 이건 좀 심해. 편지 한 장 부치자고 매일 아침 해 뜰 무렵에 위험을 무릅쓰고······.

시라노 (크리스티앙 앞에 멈춰 서며) 그가 자주 편지를 할 거라고 약속을 했으니까!

(크리스티앙을 바라본다) 자는군..얼굴이 창백해. 이 친구가 굶주려 죽어 가고 있다는 걸 가엾은 그녀가 안다면······. 그래도 여전히 잘생겼군!

르 브레 어서 가서 눈 좀 붙이게!

시라노 잔소리 좀 그만두게, 르 브레! ······이거 알아 두게. 난 매일 밤 스페인군 진영을 통과하기 위해 그들이 술에 취해 곯아떨어지는 곳을 선택했네.

르 브레 그럼 우릴 위해 식량을 구해 올 수도 있겠군.

시라노 그곳을 통과하려면 몸이 가벼워야만 해! 하지만 오늘 밤 틀림없이 새로운 일이 일어날 걸세. 프랑스 군대는 실컷 먹거나 아니면 모두 죽게 될 거야. 내가 잘 본 거라면······.

르 브레 말해 보게!

시라노 아니, 확실치가 않아……. 알게 될 테니 두고 보게!

카르봉 정말 창피하군, 포위를 해놓고 굶어 죽을 지경이라니!

르 브레 그러게요! 이 아라스 포위전보다 더 복잡한 건 없을 겁니다. 우린 아라스를 포위하고 있고, 함정에 빠진 우린 도리어 스페인의 왕자 추기경의 군대에 포위되었으니…….

시라노 그럼, 누군가가 또다시 그를 포위하러 와야지.

르 브레 웃을 기분 아니네.

시라노 오! 오!

르 브레 매일 아침 자네가 고작 편지 한 장 부치자고 목숨을 건다고 생각하면…….

(그가 한 천막을 향해 가는 것을 보고) 어디 가나?

시라노 편지 쓰러.

(천을 걷어 올리고 그 안으로 사라진다)

제2장

시라노만 제외하고 같은 인물들.

해가 약간 떠올랐다. 장밋빛 햇살. 도시 아라스가 지평선에서 금빛으로 물든다. 왼쪽, 아주 멀리서 대포소리가 들리고 곧 요란한 북소리가 이어진다. 다른 북소리들이 보다 가까운 곳에서 들려온다. 북소리들이 서로 응답하며 점점 가까워지다가 무대가 떠나갈 듯 요란하게 울려 퍼진다. 그러고는 진지를 관통해 오른쪽으로 멀어진다. 기상의 웅성거림. 멀리서 들려오는 장교들 목소리.

카르봉 (한숨을 내쉬며) 기상나팔! ······아아!

카데들이 망토 속에서 뒤척이다 기지개를 켠다.

카르봉 달콤한 잠, 너도 이젠 끝이구나! 정신이 들자마자 그들이 무슨 말을 할지 난 너무나 잘 알아.
한 카데 (일어나 앉으며) 배고파!
또 다른 카데 죽겠어!
모두 아!
카르봉 일어들 나게!
세 번째 카데 못 일어나겠어!
네 번째 카데 꼼짝도 못 하겠어!
첫 번째 카데 (갑옷에 얼굴을 비춰 보며) 혓바닥이 노래. 먹은 것도 없는데 소화가 안 되나 봐!
또 다른 카데 체스터 치즈 한 조각에 내 남작관이라도 내놓겠어!
또 다른 카데 유미[1] 1파인트를 분비하게 할 뭔가를 내 배에 제공하지 않는다면, 난 천막으로 물러가겠어, 아킬레우스처럼!
또 다른 카데 빵을 다오!
카르봉 (시라노가 들어간 천막으로 다가가 작은 목소리로) 시라노!

---

1 지방분이 섞여 젖빛이 된 임파액.

다른 카데들 배고파 죽겠어!

카르봉 (여전히 작은 목소리로 천막의 문에 대고) 도와주게! 그들에게 늘 쾌활하게 응수할 줄 아는 자네가 나와서 그들의 기를 좀 살려 줘야겠네!

두 번째 카데 (뭔가를 씹고 있는 첫 번째 카데에게 달려들며) 자네 뭘 그리 씹고 있나?

첫 번째 카데 수레바퀴에 칠 기름을 철모에 붓고 튀긴 대포 끄는 밧줄 부스러길세. 아라스 인근에는 사냥감이 씨가 말랐어!

또 다른 카데 (들어오며) 내가 막 사냥을 했네!

또 다른 카데 (들어오며) 난 스카르프 강에서 고길 낚았어!

모두 (일어나서 두 사람을 향해 몰려들며) 뭐야? 뭘 잡아 왔나? 꿩? 잉어? 어서 보여 주게!

낚시한 카데 모래무지 한 마리!

사냥한 카데 참새 한 마리!

모두 (화가 나) 그만두게! — 들고 일어나자!

카르봉 도와주게, 시라노!

이제 날이 완전히 밝았다.

제3장

같은 인물들, 시라노.

시라노 (귀에는 깃펜을 꽂고 손에는 책을 든 채 천막에서 나오며) 엥?

(침묵. 첫 번째 카데에게) 자네 왜 다리를 질질 끌며 다니나?

첫 번째 카데 발뒤꿈치에 뭔가 불편한 게 달려 있어서!

시라노 도대체 뭐가?

첫 번째 카데 위장이![2]

시라노 그건 나도 마찬가지야!

첫 번째 카데 자네도 불편하겠네?

시라노 아니, 그게 날 더 커 보이게 해.

두 번째 카데 난 이빨이 길쭉해졌어.[3]

시라노 그럼 더 크게 깨물 수 있겠군.

세 번째 카데 내 배는 텅 비어 꼬르륵 소리가 나!

시라노 그럼, 북 대신 그걸 쳐 공격을 알리자고.

또 다른 카데 난 귀에서 윙윙거리는 소리가 나.

시라노 아냐, 아냐, 굶주린 건 배지 귀가 아냐. 거짓말 마!

또 다른 카데 아! 뭐 좀 먹었으면, 기름이 자르르 흐르는 걸로!

시라노 (그의 모자를 벗겨 손에 쥐어 주면서) 자네 샐러드 여기 있네.

또 다른 카데 삼킬 수 있는 게 뭐가 있을까?

시라노 (그에게 손에 쥐고 있던 책을 던져 주며) 『일리아드』.[4]

---

2 〈발뒤꿈치에 위장이 달리다〉는 뜻으로 직역되는 관용구, *avoir l'estomac dans les talons*은 배가 몹시 고프다는 의미.

3 〈이빨이 길쭉해지다〉로 직역되는 관용구, *avoir les dents longues* 역시 배가 몹시 고프다는 의미.

또 다른 카데 대신은 파리에서 하루 네 끼 식사를 할 텐데!

시라노 자고새 새끼 정도는 자네한테 보내 줘야 마땅한데!

같은 카데 왜 아니겠어? 이왕이면 포도주도!

시라노 리슐리외 씨, 부르고뉴산 포도주 좀, 주시겠소?

같은 카데 수도사 편으로!

시라노 막후의 참모?[5]

또 다른 카데 난 식인귀처럼 배가 고파!

시라노 그럼…… 마르모나 깨물고 있게![6]

첫 번째 카데 (어깨를 으쓱하며) 언제나 말, 톡 쏘는 말!

시라노 그래, 톡 쏘는 말!

난 어느 날 저녁 장밋빛으로 물든 하늘 아래에서
훌륭한 대의를 위해 멋진 말을 남기며 죽고 싶네.
오! 나에게 걸맞은 적수가 쏘는
단 하나의 고귀한 무기에 맞아,
열병의 침대에서 먼 영광의 잔디 위에 쓰러져,
입술과 가슴으로 동시에 마지막 말을 남기고 싶네!

모두의 외침 배고파!

---

4 〈삼키다〉라는 뜻의 *dévorer*에는 〈탐독하다〉라는 의미도 있다.

5 리슐리외 추기경의 의논 상대였던 조셉 신부를 일컬음.

6 여기서 마르모*marmot*는 중의적으로 쓰이고 있다. 우선, 마르모는 〈어린 소년〉이란 뜻으로 앞의 〈식인귀〉를 받은 말이다. 하지만 마르모에는 노커에 쓰는 괴상한 모양의 장식 인형의 뜻도 있어서 관용적으로 마르모를 깨물다*croquer le marmot*라고 하면 문을 두드렸는데도 사람이 안 나와 장식 인형이나 깨물고 있다는 데서 유래해 〈오래 기다리다〉는 의미로 쓰인다. 따라서 〈마르모를 깨물다〉는 앞의 〈식인귀의 배고픔〉에 대한 대꾸이자 〈잔말 말고 기다리라〉는 핀잔이 되는 재치 있는 표현이다.

시라노 (팔짱을 끼며)
　　　　이런! 자네들은 오로지 먹는 것만 생각하나?
　　　　이리 오시오, 한때 목동이었던 피리꾼 베르트랑두여,
　　　　당신의 두 겹 가죽 주머니에서 피리 하나를 꺼내
　　　　불어 주시오, 저 걸신들린 아귀들을 달랠 줄 부드러운
　　　　리듬을 가진 그리운 고향의 옛 가락들을,
　　　　각 음이 고향에 두고 온 어린 누이 같고,
　　　　사랑하는 목소리들이 고스란히 담겨 있는,
　　　　고향 마을 굴뚝에서 피어오르는 연기처럼
　　　　천천히 퍼져 가는 은은한 가락들을,
　　　　우리 고향 구수한 사투리가 느껴지는 가락들을!

노인이 자리를 틀고 앉아 피리를 준비한다.

시라노　오늘, 슬픔에 빠진 전사인 그 피리가
　　　　당신의 손가락들이 그 대 위에서 새들의
　　　　미뉴에트를 추는 동안, 자신이 흑단 이전에
　　　　갈대로 만들어졌다는 사실을 기억하기를,
　　　　자신의 소리에 깜짝 놀라 거기서 투박하고
　　　　평화로운 청춘의 영혼을 알아보기를!

노인이 랑그도크 지방 특유의 가락들을 불기 시작한다.

시라노　들어 보게, 가스코뉴 용사들이여…….

그의 손가락이 잡고 있는 건
전장의 날카로운 피리가 아니라 숲의 피리일세!
그의 입술이 부는 건 전투를 알리는 호각이 아니라
평화롭게 염소를 모는 목동들의 느린 갈루베[7]일세!
귀 기울여 들어 보게…….
골짜기, 광야, 숲, 갈색 머리에 붉은 베레모를
눌러쓴 어린 목동이 떠오르지 않는가,
도르도뉴를 뒤덮는 푸른 저녁 하늘이 떠오르지 않는가,
들어 보게, 가스코뉴 용사들이여,
고향이 떠오르지 않는가!

모두가 고개를 푹 숙이고 있다. 모두가 꿈에 잠긴 눈을 하고 있다.
남몰래 소매나 망토 자락으로 눈물을 훔치는 카데들도 있다.

카르봉 (시라노에게 낮은 목소리로) 그렇다고 눈물을 흘리게 만들면 어떡하나!
시라노 향수! ……배고픔보다는 훨씬 고상한 고통!
……육체적이 아니라 정신적인!
난 그들의 고통스러워하는 내장이 바뀌어
이젠 위장이 아니라 심장이 죄어 왔으면 해요!
카르봉 다들 감상에 젖어 마음이 약해지겠네!
시라노 (고수에게 다가오라는 신호를 보내며) 두고 보세요! 그

---

7 프로방스 지방의 구멍 세 개짜리 피리.

들이 핏속에 지니고 있는 영웅들이 금방 깨어날 테니! 단지……

(그가 신호를 보내자 고수가 북을 친다)

모두 (벌떡 일어나 무기를 집으러 달려가며) 엥? ……뭐야? ……무슨 일이야?

시라노 (웃으며) 봤어요? 북 한 번 치는 걸로 충분했어요!
꿈, 회한, 두고 온 고향, 사랑이여, 안녕…….
피리에서 온 것이 북에 의해 가버리나니!

한 카데 (무대 안쪽을 바라보며) 아! 아! 저기 드 기슈 씨가 온다!

모든 카데 (수군거리며) 우…….

시라노 (웃으며) 아첨의 수군거림!

한 카데 아침부터 귀찮게 구는군!

또 다른 카데 갑옷 위에 큼직한 레이스 목깃을 하고 잘난 척 하러 오는 거야!

또 다른 카데 마치 쇠를 란제리로 덮어씌워 놓은 것처럼!

첫 번째 카데 목에 종기가 났을 땐 좋겠군!

두 번째 카데 아첨꾼이야!

또 다른 카데 그 삼촌에 그 조카!

카르봉 하지만 가스코뉴 사람일세!

첫 번째 카데 가짜죠! ……조심하세요! 가스코뉴 남자들은 모두…… 미치광이니까. 제정신인 가스코뉴 남자보다 더 위험한 건 없으니까.

르 브레 얼굴이 창백하군!

또 다른 카데 그도 배가 고픈 거야…… 굶주린 악마만큼이나! 하지만 그의 갑옷에 진홍빛의 장식 못들이 달려 위경련조차도 햇살에 반짝거려!

시라노 (급히) 우리도 배고픈 기색을 보이지 말자! 자네들 카드, 파이프, 주사위를 꺼내게…….

모두가 재빨리 북, 나무 의자, 땅바닥에 대고 노름을 하기 시작한다. 긴 담배 파이프에 불을 붙이는 이들도 있다.

시라노 그럼, 난 데 카르트[8]를 읽겠어.

시라노는 오락가락하며 주머니에서 꺼낸 작은 책을 읽는다. 드 기슈가 무대로 들어온다. 모두가 노름에 몰두하는 시늉을 한다. 드 기슈의 얼굴은 아주 창백하다. 그가 카르봉을 향해 다가간다.

제4장

같은 인물들, 드 기슈.

드 기슈 (카르봉에게) 아! 안녕하시오!

(그들이 서로를 관찰한다. 만족스러운 듯 혼잣말로) 퍼렇게

---

8 철학자 데카르트Descartes를 일반 명사로 풀어쓰면 *des cartes*(카드들)이 된다. 시라노의 대구는 이를 암시하는 말장난.

질렸구먼.

카르봉 (역시 만족한 표정으로) 눈밖에 안 남았군.
드 기슈 (카데들을 바라보며) 날 헐뜯은 게 당신들인가?
……그렇소, 여러분, 당신들이 날 비꼰다는 말을 사방에서 듣고 있소. 산골 귀족, 베아른의 시골 귀족, 페리고르의 남작, 카데들이 연대장인 나를 몹시 경멸해 음모꾼, 아첨꾼이라 부른다느니, 내 갑옷 위에 달린 제네바식 목깃을 눈꼴시어 못 본다느니. 좋소, 어디 계속 당신들끼리 날 미워해 보시오, 나도 명색이 가스코뉴 사람인데 인기를 구걸하겠소?

카데들은 아무 말 없이 노름을 하고, 담배를 피운다.

드 기슈 그런다고 내가 당신들 대장을 시켜 벌을 주라고 할 것 같소? 천만에!
카르봉 게다가 벌을 주고 안 주고는 내 마음입니다.
드 기슈 아?
카르봉 내가 급료를 지불하니 내 부대는 내 거죠. 난 전투 명령에만 복종해요.
드 기슈 그래요? ……물론, 그렇죠! 그만 합시다.
(카데들을 향해) 난 당신들 허세를 무시할 수도 있소. 적 진영을 돌파하는 내 용맹함이 잘 알려졌으니까. 어제, 보품에서 내가 어떻게 드 뷕쿠아 백작을 도주하게 만들었는지 모두 똑똑히 지켜봤을 테니까. 내 군사를 그의 진영에 산사태처럼 덮치게 해 세 차례나 공격을 가했지!

시라노 (책에서 눈을 떼지 않은 채) 그럼, 당신의 흰 스카프는?
드 기슈 (깜짝 놀라며, 곧 만족한 표정으로) 그 일을 아시오? ……어떻게 된 것인고 하니, 부하들을 결집시켜 세 번째 공격을 가할 작정으로 내가 전장을 동분서주하다가 도망자들의 소용돌이에 휩쓸려 적 진영까지 떠밀려 가는 바람에 사로잡히거나 총에 맞아 죽을 위험에 처하게 됐소. 바로 그때 난 내 계급을 말해 주는 흰 스카프를 풀어 땅바닥에 버리는 기지를 발휘했지. 그 덕에 나는 눈길을 끌지 않고 스페인군 진영을 벗어날 수 있었고, 뒤이어 내 군사들을 이끌고 돌아가 그들을 무찌를 수 있었소! 어떻소! 이 책략에 대해 당신은 뭐라 말하겠소?

카데들은 귀 기울여 듣지 않는 시늉을 하지만, 카드와 주사위를 쥔 손들이 허공에 머물러 있다. 파이프 담배 연기 역시 입 안에 남아 있다. 기다림.

시라노 앙리 4세는 아무리 많은 수의 적이 덮쳐도 흰 깃털 장식을 벗어던지는 짓 따위는 결코 하지 않았을 거라고.

조용히 퍼지는 기쁨. 카드들이 던져지고, 주사위들이 떨어진다. 입에서 담배 연기가 뿜어져 나온다.

드 기슈 하지만 그 술책은 성공했소!

노름과 흡연을 중단시키는 동일한 기다림.

시라노 하지만 표적이 되는 영예는 버리는 게 아니오.

카드, 주사위, 담배 연기가 다시 던져지고, 떨어지고, 날아오른다.

시라노 스카프가 떨어졌을 때 그 자리에 있었다면, — 우리의 용기는, 백작, 그 점에서 다르다오 — 난 그것을 주워 내 목에 둘렀을 거요.
드 기슈 그렇겠지, 또 가스코뉴 사나이의 허풍!
시라노 ……허풍? 그 스카프 나한테 빌려 주구려. 오늘 밤이라도 당장 그걸 훈장처럼 달고 제일 앞장서서 돌격할 테니!
드 기슈 또 허풍스런 제안! 그 스카프가 적의 수중에, 스카르프 강가에, 집중 사격이 가해지는 탓에 어느 누구도 감히 찾으러 가지 못할 곳에 있다는 것을 뻔히 알면서!
시라노 (주머니에서 흰 스카프를 꺼내 그에게 건네주며) 당신 스카프, 여기 있소.

고요. 카데들이 카드와 주사위를 쥔 손으로 입을 틀어막고 터져 나오는 웃음을 참는다. 드 기슈가 고개를 돌려 그들을 쳐다본다. 카데들이 즉시 진지한 표정을 지으며 노름에 몰두하는 척한다. 그들 중 하나가 무심히 피리꾼이 연주한 산악 지방 가락을 휘파람으로 분다.

드 기슈 (스카프를 건네받으며) 고맙소. 이 밝은 색 천 조각으로 내가 망설였던 것을 할 수 있는지 어디 한번 봐야겠소. (비탈을 기어 올라가 허공에 대고 스카프를 여러 차례 흔들어 댄다)

모두 뭐야!

보초 (비탈 위에서) 저기, 한 놈이 뛰어 달아난다!

드 기슈 (다시 내려오며) 저건 가짜 스페인 첩자일세. 우리에게 큰 도움을 주고 있지. 그가 적들에게 물어다 주는 정보들은 그들의 결정에 영향을 끼치기 위해 내가 그에게 준 것들이오.

시라노 몹쓸 놈이구먼!

드 기슈 (천천히 스카프를 매며) 아주 편하군. 무슨 얘길 하려고 했더라? ……아! 당신들에게 한 가지 사실을 알려 주려고 했지. 오늘 밤, 최후의 일전을 꾀하는 우리에게 식량을 보급하기 위해 사령관이 북소리를 내지 않고 두를랑을 향해 출발했소. 왕의 종군 상인들이 거기 있으니까. 그는 열심히 행군해 그들과 합류할 거요. 하지만 무사히 돌아오기 위해 그가 엄청난 수의 군사를 이끌고 가는 바람에 적들에겐 우리를 공격하기에 절호의 기회가 될 거요. 군대의 절반이 진지를 비웠으니까!

카르봉 만일 스페인군이 그 사실을 안다면, 상황이 심각해지겠군요. 설마 그들이 아는 건 아니겠죠?

드 기슈 알고 있소. 그들이 우릴 공격할 거요.

카르봉 아!

드 기슈 내 가짜 첩자가 날 찾아와 임박한 그들의 공격을 알려

췄소. 그러고는 이렇게 덧붙이더군.「공격 장소는 제가 결정할 수 있습니다. 어딜 먼저 공격하게 할까요? 방어가 가장 허술한 곳을 제가 알려 주면 그곳을 집중 공격할 겁니다.」그래서 내가 대답했지.「좋네. 일단 이곳을 벗어나 전선을 유심히 살피게. 내가 신호를 보내는 곳이 공격 지점이 될 걸세.」

카르봉 (카데들에게) 여러분, 준비하시오!

모두가 일어난다. 그들이 차는 칼과 허리띠 소리.

드 기슈 공격은 한 시간 후에나 있을 거요.
첫 번째 카데 아! ······잘됐군!

그들이 모두 다시 앉아, 중단했던 노름을 다시 시작한다.

드 기슈 (카르봉에게) 시간을 벌어야 하오. 사령관이 돌아올 때까지.
카르봉 시간을 벌려면?
드 기슈 당신들 목숨을 내놔야 하겠지.
시라노 아! 이게 당신 복수요?
드 기슈 내가 당신을 좋아한다면 당신과 당신 친구들을 굳이 골랐다고 주장하진 않을 거요. 하지만, 당신의 용맹함에는 그 무엇도 비할 수가 없기에, 내 양심을 풀면서 내가 봉사하는 건 내 왕이요.

시라노 (인사를 하며) 우릴 선택해 줘 더없이 고맙소, 백작.

드 기슈 (인사를 하며) 당신이 백 대 일 대결을 즐긴다는 건 나도 알고 있소. 좋은 기회를 잡았으니 불평을 늘어놓진 마시오.

(카르봉과 함께 무대 안쪽으로 올라간다)

시라노 (카데들에게)

여보게들! 우린 이미 여섯 개의 쪽빛과
금빛 문양을 지니고 있는 가스코뉴 문장에
아직 없는 핏빛 문양을 추가하게 될 걸세!

드 기슈가 무대 안쪽에서 카르봉 드 카스텔잘루와 이야기를 나눈다. 명령이 내려지고 항전이 준비된다. 시라노가 팔짱을 낀 채 꼼짝 않고 서 있는 크리스티앙에게 다가간다.

시라노 (그의 어깨에 손을 얹어 놓으며) 크리스티앙?

크리스티앙 (고개를 흔들며) 록산!

시라노 아!

크리스티앙 최소한, 아름다운 편지에…… 내 마음의 작별 인사를 담고 싶어요!

시라노 오늘일 거라고 짐작은 했었네.

(저고리에서 편지를 꺼낸다) 그래서 내가 자네 작별 인사를 했어.

크리스티앙 ……보여 줘요!

시라노 보고 싶나?

크리스티앙 (편지를 건네받으며) 물론이죠!
  (편지를 읽어 내려가다 멈춘다) ……이런!

시라노 뭐?

크리스티앙 이 둥근 자국은?

시라노 (재빨리 편지를 빼앗아 영문을 모르겠다는 표정으로 쳐다보며) 둥근 자국?

크리스티앙 눈물자국이에요.

시라노 그래…… 시인은 자기 글에 취하고 말지. 마법처럼! 이해하게나…… 이 편지…… 아주 감동적이었네. 그걸 쓰면서 나도 모르게 눈물을 흘리고 말았다네.

크리스티앙 눈물을 흘렸다고?

시라노 그래…… 왜냐하면…… 죽는 건 두렵지 않아. 하지만…… 그녀를 두 번 다시 못 보는 건…… 끔찍한 일이지! 왜냐하면 내가 그녀를……
  (크리스티앙이 그를 쳐다본다) 우리가 그녀를……
  (황급하게) 자네가 그녀를……

크리스티앙 (편지를 빼앗으며) 그 편지, 이리 내놔요!

멀리, 진지 안에서 웅성거림이 들려온다.

한 보초의 목소리 빌어먹을! 거기 누구야?

총성. 목소리. 방울 소리.

카르봉 무슨 일이야?
보초 (비탈 위에서) 마찹니다!

사람들이 보기 위해 몰려간다.

외침 뭐! 진지 안에서? — 마차가 들어온다! — 적 진영에서 오는 것 같아! — 제기랄! 쏴! — 안 돼! 마부가 소리쳤어! — 뭐라고 했는데? — 왕의 전령이라고 외쳤어!

모두가 비탈 위로 올라가 바깥을 바라본다. 방울 소리가 점점 가까워진다.

드 기슈 뭐? ……왕의 전령!

사람들이 내려와 정렬한다.

카르봉 모두 탈모!
드 기슈 (무대 뒤를 향해) 왕의 전령! 빨리 정렬해, 이 멍청이들아. 그가 성대하게 진지로 들어올 수 있도록!

마차가 전속력으로 달려온다. 마차는 진흙과 먼지로 뒤덮여 있다. 커튼이 쳐져 있다. 마차 뒤에 하인 둘이 서 있다. 마차가 급히 멈춰 선다.

카르봉 (목이 터져라 외치며) 북을 두드려라!

북소리가 울려 퍼지고, 모든 카데들이 모자를 벗는다.

드 기슈 발판을 내려라!

두 사람이 달려든다. 마차 문이 열린다.

록산 (마차에서 인사를 하며) 안녕하세요!

여자 목소리에 모두가 깊이 숙이고 있던 고개를 번쩍 든다. 망연자실.

제5장

같은 인물들, 록산.

드 기슈 왕의 전령! 당신이?
록산 유일한 왕, 사랑의 전령!
시라노 오! 맙소사!
크리스티앙 (뛰어들며) 당신! 왜 여길?
록산 포위전이 너무 길었어요!
크리스티앙 하지만…… 어떻게 여기까지?
록산 나중에 얘기해 줄게요!
시라노 (그녀의 목소리를 듣고는 감히 그녀를 향해 눈길을 돌리지 못한 채 못 박힌 듯 서서) 오! 여기서 그녀를 보게 되다니!

드 기슈 당신은 여기 있을 수 없소!

록산 (쾌활하게) 천만에요! 천만에! 북 하나 건네주시겠어요? (건네준 북 위에 앉는다) 휴, 고마워요!

(그녀가 웃는다) 그들이 제 마차에 총을 쐈어요!

(자랑스럽게) 순찰대가! 제 마차가 마치 호박으로 만든 것처럼 변했어요, 안 그래요? 이야기에서처럼 쥐들이 마부 노릇을 하는.

(입술로 크리스티앙에게 키스를 보내며) 안녕!

(그들 모두를 둘러보며) 표정이 다들 안 좋네요! 아라스가 얼마나 멀던지!

(시라노를 알아보며) 사촌, 반가워요!

시라노 (앞으로 나서며) 이런! ……어떻게?

록산 군대를 어떻게 찾았느냐고요? 오! 말도 마세요. 하지만 아주 간단했어요. 초토화된 고장을 따라 계속 내려오면 됐으니까. 아! 그 끔찍한 광경, 제 눈으로 직접 안 봤으면 저도 안 믿었을 거예요! 여러분, 여러분의 왕을 섬기는 게 그런 거라면, 제가 섬기는 왕이 훨씬 낫네요!

시라노 못 믿겠군! 도대체 어딜 통해 여기까지 온 거요?

록산 어딜 통해? 스페인 군 진영을 통해서요.

첫 번째 카데 아! 정말 맹랑한 여자군!

드 기슈 도대체 그들의 진영을 어떻게 통과한 거요?

르 브레 ……아주 어려웠을 텐데!

록산 그다지 어렵진 않았어요. 마차를 타고 무작정 달리기만 했으니까요. 스페인 귀족이 오만한 얼굴로 마차를 세우면

문에 대고 가장 아름다운 미소를 지어 보였죠. 그 귀족들은, 부디 기분나빠하지 마시길, 세상에서 가장 정중한 남자들이라, 무사통과였어요!

카르봉 그래요, 그 미소는 통행증이나 다름없죠! 하지만 그렇게 어디로 달려가는 길인지 밝히라고 닦달을 했을 텐데요, 부인?

록산 매번 그랬어요. 전 이렇게 대답했죠. 「연인을 만나러 가는 길이에요.」 그러면 가장 사납게 생긴 스페인 귀족도 즉시 왕이라도 부러워할 정중하기 그지없는 손동작으로 마차 문을 힘주어 다시 닫았고, 저를 겨누고 있던 총구들을 치우게 했어요. 그러곤 우아하고도 거만한 표정으로, 오르간 파이프 모양의 레이스 아래 발톱을 감춘 채, 깃털이 휘날리도록 펠트 모자를 벗고 고개를 숙이며 말했어요. 「지나가십시오, 세뇨리타!」

크리스티앙 하지만, 록산……

록산 그래요, 전 제 연인이라고 했어요…… 용서하세요! 아시겠지만, 만약 제가 제 남편이라고 했다면 아무도 절 지나가게 내버려 두지 않았을 거예요!

크리스티앙 하지만……

록산 왜 그러세요?

드 기슈 당신은 이곳을 즉시 떠나야만 하오!

록산 제가요?

시라노 지금 당장!

르 브레 가능한 한 빨리!

크리스티앙 그렇소!

록산 도대체 왜요?

크리스티앙 (당황스러워하며) 왜냐하면……

시라노 (마찬가지) 45분 후에……

드 기슈 (마찬가지) 혹은…… 60분 후……

카르봉 (마찬가지) 빨리 떠나는 편이……

르 브레 (마찬가지) 여기 있다가는……

록산 저도 남아서 싸울 거예요.

모두 오! 안 돼요!

록산 그는 제 남편이에요!

(크리스티앙의 품으로 달려든다) 날 당신과 함께 죽게 해 주길!

크리스티앙 도대체 무슨 일이오?

록산 나중에 말해 줄게요!

드 기슈 (절망에 빠진 표정으로) 여기서 치열한 전투가 벌어질 거요!

록산 (돌아보며) 엥? 치열한 전투?

시라노 그 증거를 그가 우리에게 보여 줬지!

록산 (드 기슈에게) 아! 내가 과부가 되길 바랐나요?

드 기슈 오! 맹세컨대!

록산 아뇨! 전 이제 제정신이 아니에요! 여기서 꼼짝도 하지 않을 거예요! ……게다가, 재밌어요.

시라노 뭐라! 재녀께서 언제부터 영웅 놀음을 했소?

록산 베르주라크 씨, 전 당신 사촌이잖아요.

한 카데 우리가 당신을 철통같이 지켜 주겠소!
록산 (점점 더 흥분해) 여러분들만 믿을 게요, 친구들!
또 다른 카데 (취한 듯이) 진지 전체에 붓꽃 향기가 풍겨!
록산 제가 방금 전투에…… 아주 잘 어울릴 모자를 썼거든요! (드 기슈를 바라보며) 백작님이 가실 시간이 된 것 같으니 우리 이제 슬슬 시작하죠.
드 기슈 아! 더는 못 참겠군! 난 내 대포들이나 둘러보러 가겠소. 록산…… 아직은 시간이 있소. 생각을 바꾸시오!
록산 결코!

드 기슈가 나간다.

제6장

드 기슈만 제외하고 같은 인물들.

크리스티앙 (애원하며) 록산!
록산 싫어요!
첫 번째 카데 (다른 카데들에게) 그녀가 남는대!
모두 (서로를 밀치고 달려들어 광을 내며) 빗! — 비누! — 내 바잔[9]에 구멍이 났어, 바늘! — 리본! — 자네 거울 좀 빌

---

9 기병 바지에 대는 양가죽.

려 주게! 내 소매! — 자네 콧수염 고데기 좀! — 면도칼!

록산 (또다시 애원하는 시라노에게) 싫어요! 무슨 일이 있어도 난 이 자리에서 안 움직일 거예요!

카르봉 (다른 사람들처럼 허리띠를 조이고, 먼지를 털고, 모자에 빗질을 하고, 깃털을 세우고, 소매를 잡아당긴 후에 록산을 향해 다가가 격식을 차려) 이 신사들 중 몇몇이 당신이 지켜보는 가운데 죽음을 맞이하는 영광을 누리게 되었으니 그들을 당신께 소개하는 것이 합당할 것 같습니다.

록산이 고개 숙여 인사를 한 뒤 크리스티앙의 팔을 잡고 서서 기다린다. 카르봉이 소개한다.

카르봉 드 페레스쿠 드 콜리냑 남작!
카데 (인사를 하며) 부인……
카르봉 (계속하며) 드 카스테락 드 카위작 남작. 드 말구이르 에스트레삭 레스바스 데스카라비오 주교 대리. 앙티냑-쥐제 기사. 드 블라냑-살레샹 드 카드텔-크라비울 일로 남작…….
록산 도대체 이름이 각자 몇 개씩이에요?
일로 남작 숱하게 많죠!
카르봉 (록산에게) 손수건을 쥐고 계신 손을 펴십시오.
록산 (손을 펴며. 손수건이 떨어진다) 왜요?

부대 전체가 그것을 줍기 위해 쏜살같이 달려든다.

카르봉 (잽싸게 그것을 주우며) 우리 부대에 깃발이 없었어요! 하지만 앞으론 우리 위로 가장 아름다운 깃발이 펄럭일 겁니다!

록산 (웃으며) 약간 작은 것 같네요.

카르봉 (손수건을 자기 창의 자루에 묶으며) 하지만 레이스로 된 것이잖소!

한 카데 (다른 이들에게) 뱃속이 텅 비지만 않았다면 저 아름다운 얼굴을 봤으니 여한 없이 죽을 수 있을 텐데!

카르봉 (그 말을 듣고 화를 내며) 제길! 이토록 아름다운 부인이 계신 데서 먹는 얘길 하다니!

록산 먹는 얘기 어때서요? 저 역시 배가 고파요! 파테, 차가운 고기, 질 좋은 포도주, 이게 제 메뉴예요! 그것들을 좀 가져다주시겠어요?

망연자실.

한 카데 그 모든 걸!
또 다른 카데 어디서 구해 옵니까? 맙소사!
록산 (차분하게) 제 마차에서요.
모두 엥?
록산 하지만 꺼내고, 자르고, 뼈를 발라내야 해요! 제 마부를 좀 더 가까이서 자세히 보세요, 여러분. 그러면 재기 발랄한 한 남자를 알아보실 거예요. 원한다면 각 소스가 데워질 거고요!

카데들 (마차를 향해 몰려가며) 라그노잖아!
  (환호) 와! 와!
록산 (눈으로 그들을 좇으며) 가엾은 사람들!
시라노 (그녀의 손에 입을 맞추며) 착한 요정!
라그노 (자리에서 일어나서 거리의 약장수처럼) 여러분!

열광.

카데들 브라보! 브라보!
라그노 스페인 병사들은 이렇게 많은 미끼들이 지나가는데도 식사가 지나가는 걸 못 봤어요!

박수.

시라노 (크리스티앙에게 작은 목소리로) 흠! 흠! 크리스티앙!
라그노 갈랑트리[10]에 넋이 빠져 못 본 거죠······.
  (의자에서 요리를 꺼내 치켜든다) 갈랑틴[11]을······

박수. 갈랑틴이 손에서 손으로 전해진다.

시라노 (크리스티앙에게 작은 목소리로) 잠시, 얘기 좀 하세!
라그노 비너스가 그들의 눈을 사로잡았어요.

10 여자의 환심을 사기 위한 정중한 언동.
11 양념을 넣어 삶은 고기를 굳힌 것.

디아나가 그들 몰래 숨겨 지나갈 수 있도록…….
(넓적다리 고기를 흔들어 댄다)
그녀가 사냥한 노루를!

열광. 스무 개의 손이 넓적다리 고기를 잡기 위해 몰려든다.

시라노 (크리스티앙에게 작은 목소리로) 할 얘기가 있네!
록산 (음식을 양팔로 잔뜩 안고 내려오는 카데들에게) 바닥에 내려놓으세요!
(마차 뒤에 서 있던 무표정한 두 하인의 도움을 받아 풀밭 위에 식탁을 차린다)
록산 (시라노가 멀찍이 데리고 가려는 순간 크리스티앙에게) 좀 도와줘요!

크리스티앙이 도와주러 온다. 시라노가 불안해 안절부절못한다.

라그노 송로를 채운 공작!
첫 번째 카데 (큼직한 햄 조각을 썰어 들고 환한 표정으로 내려오며) 제길! 마지막 전투를 앞두고 얼마나 섭섭할 뻔했어, 이렇게 배 터지게 못 먹었으면…….
(록산을 보고는 황급히 말을 바꾸며)
죄송! 신나는 잔치 한번 못 했으면!
라그노 (마차의 쿠션들을 던지며) 쿠션에는 멧새들이 가득 들어 있어요!

대소란. 사람들이 쿠션을 뜯는다. 웃음. 기쁨.

세 번째 카데 아! 가지!

라그노 (적포도주 병들을 던지며) 청옥 병들이오!

(백포도주 병들을 던지며) 황옥 병들이오!

록산 (시라노의 얼굴에 대고 접힌 식탁보를 던지며) 이 식탁보 좀 펴세요! ……여기! 빨리 좀 움직이세요!

라그노 (뽑아낸 등을 흔들어 대며) 각 등은 작은 식량 창고라오!

시라노 (같이 식탁보를 펴며 크리스티앙에게 작은 목소리로) 자네가 그녀와 얘길 나누기 전에 먼저 자네에게 할 말이 있네!

라그노 (점점 더 서정적으로) 내 채찍의 손잡이는 아를의 소시지라네!

록산 (음식을 나눠 주고 포도주를 부어 주며) 그들이 우릴 사지로 몰았으니, 나머지 부대는 몰라라 합시다! 그래요! 모든 것을 가스코뉴 병사들에게! 만약 드 기슈가 오면 아무도 그를 초대하지 말기를!

(사람들 사이를 돌아다니며) 거기, 시간은 충분해요. 그렇게 허겁지겁 먹지 마세요! 술도 좀 마셔 가며. 왜 우세요?

첫 번째 카데 너무 맛있어서!

록산 쉿! 적포도주, 아니면 백포도주? 카르봉 씨에게 빵을! 칼! 당신 접시! 크루트[12] 좀 더 드려요? 더? 제가 따라 드릴게요! 부르고뉴산 포도주? 날개?

12 빵 껍질로 만든 요리.

시라노 (양팔에 요리 접시를 가득 안고 요리를 나눠주는 그녀를 따라다니며) 천사야, 천사!

록산 (크리스티앙을 향해 다가가며) 당신은?

크리스티앙 아무것도 먹고 싶지 않소.

록산 사향 포도주에 적신 이 비스킷이라도…… 좀!

크리스티앙 (그녀를 말리려고 애쓰며) 오! 왜 여기까지 왔는지 말해 줘요!

록산 우선 이 불행한 사람들부터 돌보고요……. 쉿! 조금 있다가!

르 브레 (빵을 창끝으로 찔러 보초에게 건네주기 위해 무대 안쪽으로 올라갔다가 돌아오며) 드 기슈!

시라노 빨리, 병, 접시, 단지, 광주리를 감춰! 아무 일도 없었던 척 해야 돼…….

(라그노에게) 자넨 빨리 자네 자리로 올라가게! 다 감췄나?

순식간에 모든 것이 천막 속으로 밀어 넣어지거나 옷, 망토, 모자 아래로 감춰진다. 드 기슈가 급히 들어오다 갑자기 멈춰 서서 킁킁거리며 냄새를 맡는다. 침묵.

제7장

같은 인물들, 드 기슈.

드 기슈 어디서 좋은 냄새가 나는군.

한 카데 (태연한 표정으로 노래를 흥얼거리며) 토 로 로……

드 기슈 (멈춰 서서 그를 빤히 쳐다보며) 왜 그러나, 자네? ……얼굴이 벌겋잖아!

카데 그래요? ……아무것도 아니에요. 피가 몰려 그래요. 곧 싸울 거니까!

또 다른 카데 품…… 품…… 품…….

드 기슈 (돌아보며) 자넨 또 왜 그러나?

카데 (가볍게 취해) 아무것도 아니에요! 노래하는 거예요! 그냥…….

드 기슈 신이 났군, 자네!

카데 위험이 다가오니까요!

드 기슈 (명령을 내리기 위해 카르봉 드 카스텔잘루를 부르며) 대장! 에…….

(카르봉을 보고는 말을 멈춘다)

이런! 당신 역시 얼굴이 훤하게 폈군!

카르봉 (벌건 얼굴로, 그리고 등 뒤로 술병을 감추며 얼버무리는 몸짓으로) 오!

드 기슈 대포 한 대가 남아서 가져오게 했으니……

(무대 뒤쪽의 한 곳을 가리키며) 저곳에 설치하게 하시오. 당신 부하들이 필요할 때 요긴하게 쓸 수 있을 거요.

한 카데 (허리를 좌우로 흔들며) 애정 어린 관심!

또 다른 카데 (그에게 우아하게 웃으며) 가슴 찡한 자상함!

드 기슈 이런! 다들 미쳤군!

(차갑게) 대포 사용하는 데 습관이 안 붙었을 테니 물러날 때 조심하시오.

첫 번째 카데 어림도 없는 말씀!

드 기슈 (불같이 화가 나 그에게 달려들며) 뭐야!

카데 가스코뉴 사나이들의 대포는 절대 물러서지 않소!

드 기슈 (그의 팔을 잡아 흔들며) 자네 취했나? ……뭐에?

카데 (당당하게) 화약 냄새에!

드 기슈 (어깨를 으쓱하고 그를 떠밀고는 록산에게 급히 다가가며) 시간이 없소. 어떻게 하기로 결정을 내렸소?

록산 남기로!

드 기슈 피하시오!

록산 싫어요!

드 기슈 일이 이렇게 됐으니 나에게도 화승총을 주게!

카르봉 뭐라고요?

드 기슈 나도 남겠소.

시라노 마침내 용기를 내셨군, 백작!

첫 번째 카데 기퓌르[13]를 걸치고 다녀도 가스코뉴 사람이 맞긴 맞는 모양이지?

록산 그러게요!

드 기슈 난 위험에 처한 여자를 두고 도망가진 않아!

두 번째 카데 (첫 번째 카데에게) 이봐! 그에게도 먹을 걸 나눠 줘도 될 것 같은데!

---

13 모티프들만을 듬성듬성 이어 맞춘 레이스.

마치 마술처럼 모든 음식들이 순식간에 다시 나타난다.

드 기슈 (눈이 휘둥그레져서) 음식이잖아!
세 번째 카데 저고리 아래 숨겨 뒀던 거요!
드 기슈 (자제하며 도도하게) 자네들이 남겨 준 걸 내가 먹을 것 같나?
시라노 (인사를 하며) 많이 발전했소이다!
드 기슈 (당당하게, 하지만 자신도 모르게 낱말 하나를 가스코뉴 사투리 억양으로 발음하며) 난 꽁복으로 싸울 걸세!
첫 번째 카데 (웃음을 터뜨리며) 꽁복이래! 그가 방금 사투리 억양을 썼어!
드 기슈 (웃으며) 나 역시!
카데 가스코뉴 사나이죠!

모두 춤을 추기 시작한다.

카르봉 드 카스텔잘루 (비탈 너머로 사라졌다가 능선 위로 다시 나타나며) 내 창병들을 정렬시켜 놓았소. 부대 전체의 사기가 하늘을 찌를 듯하오!
(능선 위로 줄지어 서 있는 창들을 가리킨다)
드 기슈 (고개를 숙이며 록산에게) 부인의 손을 잡고 그들을 사열하도록 허락해 주시겠소?

록산이 드 기슈의 손을 잡는다. 두 사람이 능선을 향해 올라간다. 모두가 모자를 벗고 그들을 따른다.

크리스티앙 (시라노에게 다가가 급히) 빨리 말해요!

록산이 능선 위에 올라서는 순간, 인사를 위해 낮춰진 창들이 일시에 사라지고 함성이 울려 퍼진다. 그녀가 고개 숙여 인사를 한다.

창병들 (바깥에서) 만세!
크리스티앙 도대체 할 말이란 게 뭡니까?
시라노 혹시 록산이……
크리스티앙 록산이……
시라노 자네한테 편지 얘길 꺼내면……
크리스티앙 물론 꺼내겠죠!
시라노 깜짝 놀라는 바보짓은 하지 말게.
크리스티앙 놀라다니요, 뭣 때문에?
시라노 내가 하고자 한 말이 바로 그걸세! 오! 제기랄, 아주 간단해. 오늘 그녀를 보고서야 문득 떠올랐어. 자넨 그녀에게……
크리스티앙 빨리 말해요!
시라노 자넨 그녀에게…… 자네가 생각하는 것보다 훨씬 더 자주 편지를 썼네.
크리스티앙 엥?
시라노 그래! 내가 맡아서 했네, 자네 사랑을 표현하는 일을! 자네한테 말하지 않고 가끔 편지를 썼네, 썼다고!

크리스티앙 그래요?

시라노 아주 간단한 일이었네.

크리스티앙 하지만 사방이 봉쇄된 이후로는 편지를 어떻게?

시라노 오! 날이 밝기 전에 적의 포위망을 뚫고…….

크리스티앙 (팔짱을 끼며) 아! 그것도 아주 간단했겠군요? 제가 일주일에 편지를 몇 통이나 썼죠? ……두 통? ……세 통? ……네 통?

시라노 더 많이.

크리스티앙 매일?

시라노 그래, 매일…… 두 통씩.

크리스티앙 (격하게) 그것이 당신을 취하게 만들었겠군요. 죽음을 무릅쓸 정도로…….

시라노 (돌아오는 록산을 보고) 입 다물게! 그녀가 알아서는 안 되네!

(자신의 천막 안으로 서둘러 들어간다)

제8장

록산, 크리스티앙. 무대 안쪽, 오락가락하는 카데들.
카르봉과 드 기슈가 명령을 내린다.

록산 (크리스티앙을 향해 달려오며) 자 이제, 크리스티앙!

크리스티앙 (그녀의 손을 잡으며) 이제 말해 주오, 왜 그 온갖

종류의 용병과 난폭한 군인들이 설쳐 대는 위험천만한 길들을 거쳐 여기까지 날 만나러 왔는지?

록산 당신이 보낸 편지들 때문이에요!

크리스티앙 뭐라고요?

록산 그 위험들을 무릅썼다고 꾸짖어도 할 수 없어요! 당신의 편지들은 날 취하게 만들었어요! 아! 한 달 전부터 당신이 나에게 얼마나 많은 편지를 썼는지 생각해 봐요, 늘 더 아름다운 편지들을!

크리스티앙 뭐라고! 그 하잘것없는 편지들 때문에…….

록산 그런 말 말아요! 당신은 알 수 없어요!
아뿔싸, 당신이 어느 날 저녁 내 창문 아래에서
내가 몰랐던 목소리로 영혼을 열기 시작한 이후로,
그래요, 난 당신을 숭배해 왔어요…….
그리고 한 달 전부터 당신의 편지를 대하면 마치
그날 저녁의 당신 목소리가 곁에서 들려오는 듯했고,
온종일 달콤한 그 목소리가 날 감싸는 듯했어요!
당신이 아무리 꾸짖어도 할 수 없어요. 만약 오디세우스가
당신처럼 편지를 썼다면, 정숙한 페넬로페도 집에서
수나 놓으며 기다리고 있진 않았을 거예요.
그녀 역시 그를 만나기 위해 헬레네[14]처럼 미친 듯이
모직 실 꾸러미들을 내던졌을 거예요!

크리스티앙 하지만…….

---

14 트로이 전쟁의 빌미가 되었던 미녀.

록산 나는 읽고, 또 읽고, 실신을 하기까지 했어요.
　　　　난 당신의 것이었어요. 그 작은 종이들 한 장 한 장은
　　　　훨훨 나부끼는 당신 영혼의 꽃잎들 같았어요.
　　　　불꽃같은 당신 편지의 각 낱말에서 강렬하고,
　　　　진실한 사랑을 느낄 수 있었어요…….

크리스티앙 아! 강렬하고 진실한? 그렇게 느껴졌소, 록산?

록산 아! 그렇게 느껴졌기에!

크리스티앙 이렇게 온 거요?

록산 그래요(오 나의 크리스티앙, 나의 주인님! 내가 당신 무릎에 몸을 던지고자 한다면 당신은 날 일으켜 세워 주겠죠. 그래서 내가 거기 던지는 건 내 영혼이에요. 그러면 당신은 그것을 결코 일으켜 세울 수 없을 거예요!), 난 당신에게 용서를 빌러 왔어요(지금이 아니면 언제 용서를 빌겠어요. 당신이 목숨을 잃을 수도 있는데!), 처음에 경박스럽게도 당신의 외면적인 아름다움만 사랑한다는 모욕을 당신에게 가한 것에 대해!

크리스티앙 (불안에 빠져) 아! 록산!

록산 하지만 나중에는 완전히 날아오르기 전에 땅 위를 폴짝 폴짝 뛰어다니는 새처럼 덜 경박해진 나는 당신의 아름다움에 붙들리고, 당신의 영혼에 빨려들어 그들 둘 모두를 사랑하게 되었어요!

크리스티앙 그럼 지금은?

록산 지금! 마침내 당신이 당신 자신에게 승리를 거뒀어요. 이제 내가 사랑하는 건 오로지 당신의 영혼뿐이에요!

크리스티앙 (뒤로 물러나며) 아! 록산!

록산 그러니 행복을 만끽하세요. 오로지 잠시 머무는 외모 때문에 사랑받는 것은 고귀한 사랑의 마음을 고문에 빠뜨릴 테니까요. 하지만 그 소중한 마음이 얼굴을 지워 버렸어요. 처음에 내 마음을 설레게 했던 당신의 아름다움은 내가 더 잘 볼 수 있게 된 지금…… 더는 보이지 않아요!

크리스티앙 ……오!

록산 당신이 거둔 승리를 아직 의심하세요?

크리스티앙 (고통스럽게) 록산!

록산 알겠어요. 믿을 수가 없는 건가요, 그 사랑을?

크리스티앙 난 그 사랑을 원치 않소! 난 오히려……

록산 내가 지금까지 사랑해 온 당신의 외모 때문에 사랑받고 싶으세요? 그럼 내가 더 나은 방식으로 당신을 사랑하도록 내버려 두세요!

크리스티앙 아니요! 이전이 더 나았소!

록산 아! 당신은 아무것도 몰라요! 내가 더 깊이, 진정으로 사랑하는 것은 바로 지금이에요! 분명히 말할 수 있어요. 내가 숭배하는 건 당신의 잘생긴 외모가 아니라……

크리스티앙 그만 해요!

록산 난 당신을 더욱 사랑할 거예요! 당신의 아름다움이 갑자기 사라져 버린다 해도…….

크리스티앙 오! 허튼소리 말아요!

록산 아뇨! 허튼소리가 아니에요!

크리스티앙 내가 추남이라도?

록산 추남이라도! 맹세해요!

크리스티앙 오, 주여!

록산 그렇게 기쁜가요?

크리스티앙 (목이 메어) 그렇소…….

록산 왜 그래요?

크리스티앙 (그녀를 부드럽게 떠밀며) 아무것도 아니오. 할 말이 있소. 잠시만…….

록산 누구한테요?

크리스티앙 (무대 안쪽에 있는 카데의 무리를 가리키며) 내 사랑에 당신을 빼앗긴 저 불쌍한 사람들에게 가서 좀 웃어 주시오. 이제 곧 사지로 뛰어들 사람들이니까…… 가요!

록산 (측은해하며) 오, 내 소중한 크리스티앙!

(비탈을 오르자, 가스코뉴 기사들이 그녀 주위에 몰려든다)

제9장

크리스티앙, 시라노, 무대 안쪽에서 카르봉을 비롯해 몇몇 카데들과 담소를 나누는 록산.

크리스티앙 (시라노의 천막 앞에서 그를 부르며) 시라노?

시라노 (전투를 위해 무장을 하고 나오며) 왜 그러나? 자네 얼굴이 창백하잖아!

크리스티앙 그녀는 이제 날 사랑하지 않아요!

시라노 뭐라고?

크리스티앙 그녀가 사랑하는 건 바로 당신이에요!

시라노 아닐세!

크리스티앙 그녀는 이제 내 영혼만을 사랑해요!

시라노 아니라니까!

크리스티앙 맞아요! 그러니까 그녀가 사랑하는 건 당신이에요. 당신 역시 그녀를 사랑하고!

시라노 내가?

크리스티앙 난 알아요.

시라노 자네 말이 맞네.

크리스티앙 미친 사람처럼.

시라노 그 이상으로.

크리스티앙 그녀에게 털어놔요!

시라노 안 되네!

크리스티앙 왜죠?

시라노 내 얼굴을 보게!

크리스티앙 내가 추남이라도 사랑할 거래요!

시라노 그녀가 그렇게 말했나?

크리스티앙 그래요!

시라노 아! 그녀가 자네에게 그렇게 말했다니 기쁘군! 하지만 그런 터무니없는 말을 믿진 말게! 오! 하느님, 난 그녀가 그런 말을 했다는 것만으로 만족하네. 그녀의 말을 곧이곧대로 믿진 말게나. 추하게 변하진 말아. 그녀가 날 원망할 테니까!

크리스티앙 그게 바로 내가 알고 싶은 겁니다!

시라노 안 되네, 안 돼!

크리스티앙 그녀가 선택하기를! 당신이 그녀에게 모든 걸 털어놔요!

시라노 안 돼! 그 형벌만은 안 되네.

크리스티앙 나더러 잘생겼다는 이유만으로 당신의 행복을 죽이라고요? 그건 너무 불공평해요!

시라노 그럼, 나더러 요행으로 자네가 느끼는 것을…… 표현할 수 있는 재능을 타고 났다는 이유만으로 자네의 행복을 무덤에 묻으라는 얘긴가?

크리스티앙 그녀에게 모두 말하세요!

시라노 내 마음을 계속 흔들어 대는군, 자네!

크리스티앙 저 자신 속에 경쟁자를 품고 있는 데 지쳤어요!

시라노 크리스티앙!

크리스티앙 증인 없는 우리의 비밀스런 계약은 깨질 수도 있어요, 우리가 살아남는다면!

시라노 계속 고집을 부리는군!

크리스티앙 그래요, 전 온전히 저 자신으로 사랑받고 싶어요. 아니면 아예 사랑받지 못하거나! 진지 끝까지 전투 준비 상황을 둘러보고 올 테니 그녀에게 말해요. 우리 둘 중 하나를 선택하라고!

시라노 자넬 선택할 걸세!

크리스티앙 하지만…… 저도 그러길 바라요!

(록산을 부른다) 록산!

시라노 안 되네! 안 돼!
록산 (달려오며) 무슨 일이에요?
크리스티앙 시라노가 당신에게 아주 중요한 얘길 할 거요…….

록산이 급히 시라노에게 다가간다. 크리스티앙이 나간다.

제10장

록산, 시라노, 뒤이어 르 브레, 카르봉 드 카스텔잘루, 카데들, 라그노, 드 기슈 등.

록산 중요한 얘기라뇨?
시라노 (어쩔 줄 몰라 하며) 그가 가버렸어!
  (록산에게) 아무것도! ……그가, 오! 하느님! 당신도 잘 알 거요! 아무것도 아닌 일에 중요성을 부여한다는 걸!
록산 (격한 어조로) 그가 의심하던가요, 내가 한 말을? ……그가 못 믿어하는 걸 나도 봤어요!
시라노 (그녀의 손을 잡으며) 그런데 당신, 그에게 오로지 진실만을 말했소?
록산 그럼요, 난 그를 사랑할 거예요, 설사 그가……
  (잠시 망설인다)
시라노 (씁쓸하게 웃으며) 내 앞에서는 그 말을 하기가 불편하오?

록산 하지만······

시라노 아무렇지도 않으니 말해 봐요! 설사 추남이라도?

록산 추남이라도!

바깥에서 들려오는 총성.

록산 아! 누군가 총을 쐈어요!

시라노 (열렬하게) 끔찍해도?

록산 끔찍해도.

시라노 흉하게 뒤틀려도?

록산 흉하게 뒤틀려도!

시라노 그로테스크해도?

록산 그 무엇도 그를 그로테스크하게 만들 순 없어요!

시라노 그래도 그를 사랑할 거요?

록산 더 열렬히!

시라노 (감격해하며 혼잣말로) 오 맙소사, 어쩌면 사실일지도. 마침내 내 행복이······

(록산에게) 나······ 록산······ 내 말을 들어 보시오!

르 브레 (급히 들어와 작은 목소리로 부른다) 시라노!

시라노 (돌아보며) 엥?

르 브레 쉿!

(귓속말로 뭐라고 속삭인다)

시라노 (억눌린 비명과 함께 록산의 손을 떨어뜨리며) ······아!

록산 무슨 일이죠?

시라노 (넋이 빠져 자기 자신에게) 다 끝났어.

새로운 총성들.

록산 이건 또 무슨 소리죠? 또 총을 쏘는 건가요?
 (전투를 보기 위해 비탈로 올라간다)
시라노 다 끝났어, 난 결코 그녀에게 내 사랑을 말할 수 없을 거야!
록산 (달려 나가려 하며) 무슨 일이 일어난 거죠?
시라노 (급히 그녀를 붙들며) 아무것도 아니오!

카데들이 뭔가를 감추며 들고 들어온다. 록산이 다가오지 못하도록 그들이 막아선다.

록산 저 사람들은?
시라노 (록산을 딴 곳으로 데려가며) 그들을 놔둡시다…….
록산 아까 나에게 무슨 말을 하려고 했죠?
시라노 당신에게 하려고 했던 말? ……오, 아무것도 아니오, 아무것도!
 (엄숙하게) 내 맹세하리다, 크리스티앙의 정신은, 그의 영혼은 더없이 위대했다고……
 (깜짝 놀라 말을 바꾸며) 위대하다고…….
록산 위대했다고?
 (절규하며) 아!

(사람들 사이를 밀치고 달려든다)

시라노 다 끝났어!

록산 (망토에 감싸인 채 누워 있는 크리스티앙을 보고) 크리스티앙!

르 브레 (시라노에게) 적이 쏜 첫 총탄에!

록산이 쓰러진 크리스티앙에게 달려든다. 새로운 총성. 무기 부딪치는 소리. 소란. 북소리.

카르봉 드 카스텔잘루 (칼을 빼든 채) 공격이다! 총을 집어라!
 (카데들을 이끌고 비탈을 넘어간다)

록산 크리스티앙!

카르봉의 목소리 (비탈 너머에서) 서둘러!

록산 크리스티앙!

카르봉 정렬!

록산 크리스티앙!

카르봉 심지…… 조절.

라그노가 철모에 물을 담아 달려온다.

크리스티앙 (죽어가는 목소리로) ……록산!

시라노 (겁에 질린 록산이 상처를 묶어 주기 위해 가슴에서 찢어 낸 천 조각을 물에 적시는 사이, 크리스티앙의 귀에 대고 낮고 빠르게) 모두 말했네. 그녀가 사랑하는 사람은 바로 자넬세!

크리스티앙이 눈을 감는다.

록산 왜 그래요, 내 사랑?
카르봉 화약을 장전하라!
록산 (시라노에게) 죽지 않았죠?
카르봉 이빨로 화약주머니를 찢어!
록산 (뺨을 크리스티앙의 얼굴에 대고) 그의 뺨이 점점 식어 가요!
카르봉 조준!
록산 그의 손에 편지가!
 (편지를 뜯는다) 나에게 보내는 편지!
시라노 (혼잣말로) 내가 쓴 편지!
카르봉 발사!

총소리. 비명. 전투의 소란.

시라노 (록산이 무릎을 꿇은 채 쥐고 있는 자기 손을 빼내려 하며) 록산, 나도 싸우러 가야겠소!
록산 (그를 붙들며) 잠시만 있어 주세요.
 그가 죽었어요. 그를 잘 아는 사람은 당신뿐이었어요.
 (조용히 흐느껴 운다) 그는 더없이 좋은 사람, 멋진 사람이었어요, 안 그런가요?

시라노 (모자를 벗고 서서) 그렇소, 록산.

록산 전대미문의 사랑스러운 시인이었죠?

시라노 그렇소, 록산.

록산 숭고한 정신이었죠?

시라노 그렇소, 록산!

록산 속인들에겐 알려지지 않은 깊고 깊은 마음, 더없이 아름답고 매력적인 영혼이었죠?

시라노 (단호하게) 그렇소, 록산!

록산 (크리스티앙의 시신에 몸을 던지며) 그가 죽었어요!

시라노 (칼을 뽑으며 혼잣말로) 오늘 죽어도 여한이 없다. 그녀가 자신도 모르게 슬퍼하는 건 내 죽음이니까!

멀리서 들려오는 트럼펫 소리.

드 기슈 (이마에 부상을 입고 머리를 풀어헤친 채 비탈 위로 나타나 쩌렁쩌렁한 목소리로) 약속된 신호다! 약속된 트럼펫 팡파르다! 프랑스군이 식량을 가지고 곧 도착할 것이다! 조금만 더 버텨라!

록산 편지 위에, 피, 눈물 자국!

한 목소리 (밖에서) 항복하라!

카데들의 목소리 어림없다!

라그노 (마차 위에 기어올라 비탈 너머로 전장을 바라보며) 위험이 점점 더 커지고 있어!

시라노 (록산을 가리키며 드 기슈에게) 그녀를 데려가시오! 난 싸우러 가겠소!

록산 (편지에 입을 맞추며 죽어가는 목소리로) 그의 피! 그의 눈물!

라그노 (마차에서 뛰어내려 그녀를 향해 달려오며) 그녀가 실신했어!

드 기슈 (비탈 위에서 카데들에게 절박한 목소리로) 버텨야 돼!

한 목소리 (밖에서) 무기를 버려라!

카데들의 목소리 싫다!

시라노 (드 기슈에게) 당신은 당신의 진가를 증명했소, 백작. (록산을 가리키며) 그녀를 데리고 피하시오!

드 기슈 (록산에게 달려가 그녀를 품에 안으며) 좋소! 당신이 시간만 끌어 준다면 승리는 우리의 것이오!

시라노 해보겠소!
 (라그노의 도움을 받아 드 기슈가 데리고 가는 실신한 록산을 향해) 부디 안녕히, 록산!

전투의 소란. 외침. 부상한 카데들이 나타나 무대에 와서 쓰러진다. 싸움터를 향해 달려가는 시라노를 피투성이의 카르봉 드 카스텔잘루가 능선에서 붙든다.

카르봉 후퇴해야 하네! 나도 미늘창에 두 번이나 찔렸네!

시라노 (가스코뉴 용사들에게 외치며) 용기를 내자! 물러서지 말자, 가스코뉴의 용사들이여!
 (카르봉을 부축하며 그에게) 두려워하지 마시오!

나에겐 복수해야 할 두 죽음이 있소. 크리스티앙과 내 행복!
(그들이 다시 내려온다. 시라노가 록산의 손수건이 묶여 있는 창을 집어 흔들어 댄다)
휘날려라, 그녀의 이니셜이 새겨진 작은 레이스 깃발이여!
(땅에 창을 꽂고 카데들에게 외친다)
그들을 덮치자! 모두 무찔러 버리자!
(피리꾼에게) 피리를 부시오!

피리꾼이 가락을 연주한다. 부상자들이 다시 일어선다. 그들이 비탈을 뛰어 내려와 시라노와 작은 깃발을 중심으로 대열을 형성한다. 화승총으로 무장한 사람들로 뒤덮인 마차가 요새로 변한다.

한 카데 (뒷걸음질 치며 능선 위로 나타나 계속 싸우며 외친다)
  그들이 비탈을 올라온다!
  (그러곤 쓰러져 죽는다)
시라노 우리가 그들을 맞아 주자!

비탈이 순식간에 물밀듯이 밀려오는 적의 대열로 뒤덮인다. 스페인 황제군의 거대한 깃발들이 나부낀다.

시라노 발사!

일제 사격.

외침 (적의 대열 속에서) 발사!

살인적인 반격. 카데들이 곳곳에서 쓰러진다.

스페인군 장교 (모자를 벗어 경의를 표하며) 최후의 일인까지 싸우는 저들이 누구지?
시라노 (총탄이 빗발처럼 쏟아지는 가운데 서서 외친다)
 우리는 카르봉 드 카스텔잘루의 가스코뉴 카데들이다.
 싸우기 좋아하고 뻔뻔스러운 거짓말을 일삼는……
 (몇몇 생존자들을 이끌고 적진으로 뛰어든다)
 우리는 가스코뉴 카데들이다…….

치열한 전투 장면과 함께 막이 내린다.

막

제5막
시라노의 가제트

15년 후, 1655년. 파리에 있는 십자가 수녀회 수도원의 정원.
시원한 그늘들. 왼쪽에 집. 넓은 계단 위쪽으로 여러 개의 문이 열려 있다. 무대 중앙, 자그마한 타원형의 광장 중앙에 거대한 나무 한 그루가 서 있다. 오른쪽 무대 전면, 키 큰 회양목들 사이에 반원형의 돌 벤치들이 놓여 있다.
나뭇가지 사이로 엿보이는 오른쪽의 예배당 문까지 이어지는 밤나무 오솔길이 무대 안쪽을 가로지르고 있다. 멀리, 오솔길의 나무들 사이로 넓게 펼쳐진 잔디와 다른 오솔길들, 그리고 작은 숲들과 하늘이 보인다.
예배당의 옆문이 붉게 물든 포도 덩굴로 장식된 주랑을 향해 열려 있다. 그 주랑은 무대 전면, 회양목들 뒤로 이어지다 사라진다.
가을이다. 푸른 잔디 위 모든 잎들이 붉게 물들었다. 녹색으로 남아 있는 회양목과 주목의 짙은 얼룩. 각 나무 밑에 노랗게 물든 낙엽이 쌓여 있다. 바싹 말라 발아래 바삭거리는 잎들이 계단과 벤치를 반쯤 뒤덮고 있다.

오른쪽 벤치와 나무 사이, 커다란 자수틀 한 대와 그 앞에 작은 의자가 놓여 있다. 실타래와 실꾸리가 가득 든 바구니들. 반쯤 수를 놓은 태피스트리.

막이 오르면, 수녀들이 정원을 오간다. 그중 몇 명이 나이가 든 수녀를 에워싸고 한 벤치에 앉아 있다. 낙엽이 떨어진다.

제1장

마르게리트 원장 수녀, 마르트 수녀, 클레르 수녀, 수녀들.

마르트 수녀 (마르게리트 원장 수녀에게) 원장님, 클레르 수녀가 거울 앞에 서서 모자가 잘 어울리는지 두 번이나 봤어요.

마르게리트 원장 수녀 (클레르 수녀에게) 흉한 짓이에요.

클레르 수녀 마르트 수녀는 파이에서 말린 자두를 빼먹었어요. 오늘 아침, 제가 봤어요.

마르게리트 원장 수녀 (마르트 수녀에게) 그러면 못써요, 마르트 수녀.

클레르 수녀 한 번 슬쩍 봤을 뿐인데!

마르트 수녀 한 번 슬쩍 먹었을 뿐인데!

마르게리트 원장 수녀 (엄하게) 오늘 저녁, 시라노 씨에게 고할 거예요.

클레르 수녀 (겁에 질려) 안 돼요! 그분이 놀리실 거예요!

마르트 수녀 수녀들이 겉멋을 부린다고.

클레르 수녀 먹는 걸 밝힌다고!

마르게리트 원장 수녀 (웃으며) 그리고 아주 순진하다고.

클레르 수녀 마르게리트 드 제쥐 원장 수녀님, 그분이 토요일마다 이곳을 찾으신 지 10년은 족히 됐죠?

마르게리트 원장 수녀 더 됐죠. 14년 전, 그분의 사촌 누이께서 하얀 새들에 둘러싸인 한 마리 검은 새처럼 미망인의 베일을 쓰고 수녀 모자를 쓴 우리 틈에 섞여 부군을 기리는 상을 치르기 시작한 이후로 줄곧!

마르트 수녀 그녀가 우리 울타리 안에 둥지를 튼 이후로 도무지 가시려 하지 않는 슬픔을 잠시라도 잊게 해주는 사람은 오로지 그분뿐이었죠.

모든 수녀 그분은 너무 재미있어요! — 그래서 오시면 즐거워요! — 얼마나 짓궂으신지! — 그래도 친절하세요! — 저흰 그분이 좋아요! — 그래서 그분을 위해 국수를 만들어요!

마르트 수녀 하지만 그분은 독실한 가톨릭 신자는 아니에요!

클레르 수녀 저희가 그분을 개종시킬 거예요.

수녀들 그래요! 맞아요!

마르게리트 원장 수녀 여러분, 그 점에 있어서는 절대 그분을 비난하지 마세요. 그분을 괴롭히지 말아요. 그럼 아마 덜 자주 오실 테니까!

마르트 수녀 하지만…… 주님께서는!

마르게리트 원장 수녀 안심해요. 주님께서는 그분을 잘 알고 계실 테니.

마르트 수녀 그분은 매주 토요일 오실 때마다 자랑스러운 표정으로 이렇게 말하세요.「수녀님, 어제 내가 포식을 했다오!」

마르게리트 원장 수녀 아! 그분이 그랬어요? ……지난번에 왔을 때는 이틀 동안 아무것도 못 드셨다고 하던데…….

마르트 수녀 설마!

마르게리트 원장 수녀 그분은 가난하대요.

마르트 수녀 누가 그래요?

마르게리트 원장 수녀 르 브레 씨가.

마르트 수녀 아시는 분들이 도와드리지 않나요?

마르게리트 원장 수녀 그러면 화를 내실 거예요.

무대 안쪽의 오솔길, 미망인의 머리쓰개, 검은 옷, 긴 베일 차림의 록산이 나타나는 것이 보인다. 나이가 들었지만 화려하게 차려입은 드 기슈가 그녀를 따라 걷는다. 그들이 느린 걸음으로 정원을 산책한다.

마르게리트 원장 수녀 자, 우린 들어갑시다……. 마그들렌 부인이 방문객과 정원을 산책하시니.

마르트 수녀 (클레르 수녀에게 작은 목소리로) 같이 걷는 분이 사령관이신 드 그라몽 공작이셔?

클레르 수녀 (그를 쳐다보며) 응, 그런 것 같아.

마르트 수녀 통 안 보이시더니 몇 달 만에 오셨네!

수녀들 너무 바쁘셔서 그래! — 궁궐! — 군대!

클레르 수녀 사교계!

수녀들이 나간다. 드 기슈와 록산이 말없이 내려와 자수틀이 놓인 곳에 멈춰 선다. 잠시 침묵.

제2장

록산, 드 그라몽 공작(옛 드 기슈 백작), 뒤이어 르 브레와 라그노.

공작 계속 여기 머무를 겁니까, 금발을 가리고 영원히 상을 치르면서?
록산 영원히.
공작 여전히 그를 사랑하오?
록산 여전히.
공작 (잠시 뜸을 들인 다음) 날 용서하셨소?
록산 (수도원의 십자가를 바라보며 순순히) 이곳에 몸담고 있으니까요.
 (또다시 침묵)
공작 진정⋯⋯ 그토록 사랑했소?
록산 그를 잘 알았다면 당신 역시!
공작 아! 그를 잘 알아야 했다고? ⋯⋯어쩌면 내가 그를 너무 몰랐는지도! ⋯⋯그리고 그의 마지막 편지, 여전히 가슴에 품고 있소?

록산 부드러운 스카풀라리오[1]처럼 이 벨벳 옷 위에 늘어져 있죠.

공작 이미 죽었는데도 그를 사랑하오?

록산 가끔 그가 반밖에 죽지 않은 것처럼, 우리 마음이 여전히 함께 있는 것처럼, 그의 사랑이 살아서 내 주위를 떠도는 것처럼 느껴져요!

공작 (잠시 침묵을 지킨 후) 시라노는 당신을 보러 옵니까?

록산 예, 자주. 그 오래된 친구는 절 위해 가제트 노릇을 해요. 정기적으로 찾아오죠. 날씨가 좋으면 당신이 서 있는 그 나무 아래 그의 의자를 갖다 놓고 그를 기다리죠. 수를 놓으면서. 그가 오는 시간을 알리는 마지막 종이 울릴 때 전 들어요, — 고개를 돌리지도 않고 — 계단을 내려오는 그의 지팡이 소리를. 그가 의자에 앉아 저의 영원한 태피스트리를 놀려 대죠. 그러곤 저에게 한 주의 소식을 전해 줘요. 그리고……

르 브레가 계단 위에 나타난다.

록산 저기, 르 브레 씨가 오시네요!

르 브레가 내려온다.

---

[1] 수녀의 가슴에 드리우는 천.

록산 우리 친구는 어떻게 지내나요?

르 브레 안 좋아요.

공작 오!

록산 (공작에게) 저분은 늘 과장해서 말해요.

르 브레 내가 예상했던 대로, 따돌림, 가난!
그의 서한들이 새로운 적들을 만들고 있어요!
그는 거짓된 귀족, 거짓된 성직자, 거짓된 용사,
표절자들, 다시 말해 모든 사람들을 공격해요.

록산 하지만 그의 검은 깊은 공포심을 불러일으켜요. 어느 누구도 그를 해하려 들진 못 할 거예요.

공작 (고개를 저으며) 누가 알겠소?

르 브레 내가 걱정하는 건 공격이 아니라, 외로움, 굶주림,
그의 어두운 침실을 살금살금 파고드는 12월이오.
오히려 그 무정한 자객들이 그를 죽이고 말 거요!
그는 매일 허리띠를 더 힘껏 졸라매고 있어요.
그의 가엾은 코는 이미 색 바랜 상아 색깔을 띠고 있고,
걸친 옷이라곤 검은색 사지 단 한 벌밖에 없다오.

공작 아! 그 친구는 출세를 못 했군! 하지만 마찬가지, 난 그가 안됐다고 생각하진 않소.

르 브레 (쓸쓸하게 웃으며) ……공작!

공작 그를 너무 불쌍히 여기지 마시오. 그는 타협하지 않고 자유롭게 살았소, 생각에 있어서나 행동에 있어서나.

르 브레 (여전히 쓸쓸하게 웃으며) 공작, ……아무리 그래도!

공작 (고개를 저으며) 나도 알아요. 내가 모든 걸 가진 반면,

그는 아무것도……. 하지만 난 기꺼이 그와 악수하고 싶소.
(록산에게 인사를 하며) 그럼 부디 안녕히.

록산 제가 배웅해 드리죠.

공작이 르 브레에게 인사를 하고 록산과 함께 계단을 향해 걸어간다.

공작 (계단을 오르다 걸음을 멈추며)
그렇소, 가끔 난 그가 부럽소.
아시겠소, 삶에서 너무나 큰 성공을 거두게 되면
후회라기보다는 막연한 불편함을 불러일으키는
이런저런 자잘한 자기 혐오증에 시달리게 된다오,
진정 악한 짓은 아무것도 하지 않았으면서도!
저 높은 곳을 향해 한 계단씩 올라가는 동안,
그 계단을 쓸고 지나가는 공작의 모피 망토는
메마른 환상과 후회의 사각거림을 끌고 다닌다오,
당신이 천천히 이 문들을 향해 올라갈 때,
당신의 상복이 낙엽들을 쓸고 지나가는 것처럼.

록산 (비꼬듯이) 공작도 꿈에 잠길 때가 있나요?

공작 그럼요! 왜 없겠소!
(나가려다 갑자기 멈춰 서며) 르 브레 씨!
(록산에게) 실례해도 되겠소? 한마디만.
(르 브레에게 다가가 낮은 목소리로) 맞는 말이오. 어느 누구도 감히 그를 공격하진 못 할 거요. 하지만 많은 이가 그를 미워하고 있소. 어제, 여왕의 궁궐에서 노름을 할 때 누

군가 나에게 말했소. 「그 시라노라는 사람, 사고로 죽을 수도 있어요.」

르 브레 그래요?

공작 그렇소. 집 밖으로 나가지 말라고 해요. 조심하라고.

르 브레 (하늘을 향해 팔을 쳐들며) 조심하라고!
그가 올 겁니다. 어서 알려 줘야겠어요. 하지만······.

록산 (계단 위에 서 있다가 그녀를 향해 다가오는 한 수녀에게) 무슨 일이죠?

수녀 라그노가 부인을 뵙고자 합니다.

록산 들어오라고 하세요.
(공작과 르 브레에게) 가난을 한탄하러 왔나 봐요. 어느 날 불쑥 극작가가 되겠다고 하더니, 나중에는 서정 시인이었다가······

르 브레 한증막 잡부······

록산 배우······

르 브레 교회 지기······

록산 가발 장수······

르 브레 티오르바 연주자······

록산 오늘은 또 뭐가 되어 있을는지?

라그노 (급히 뛰어 들어오며) 아! 부인!
(르 브레를 보고는) 르 브레 씨!

록산 (웃으며) 하소연은 르 브레 씨를 붙들고 하세요. 곧 돌아올게요.

라그노 하지만 부인······.

록산이 듣지 않은 채 공작과 함께 나간다. 라그노가 르 브레를 향해 다가온다.

제3장

르 브레, 라그노.

라그노 아닌 게 아니라, 당신이 있으니 차라리 그녀는 모르게 하는 게 낫겠어요! 제가 조금 전에 당신 친구 분을 만나러 갔어요. 그의 집에 거의 도착할 즈음…… 멀리서 외출을 하려고 나오는 그를 봤어요. 난 그를 향해 달려갔죠. 그가 길모퉁이를 막 돌려고 하고…… 난 달려가고 있었는데…… 그가 지나는 길 위쪽 한 창문에서 — 우연이었을까? ……아마도! — 한 하인이 굵은 나무토막을 떨어뜨렸어요.
르 브레 비겁한 놈들! ……시라노!
라그노 제가 쏜살같이 달려가 보니……
르 브레 끔찍하군!
라그노 우리의 친구, 우리의 시인이 머리가 피투성이가 된 채 바닥에 쓰러져 있었어요!
르 브레 죽었는가?
라그노 아뇨! 하지만…… 제가 그를 집으로 옮겼어요. 그의 침실로…… 아! 그의 침실! 어찌나 누추하던지!
르 브레 고통스러워하고 있나?

라그노 아뇨, 의식이 없으니까요.

르 브레 의사는?

라그노 한 사람이 마지못해 왔어요.

르 브레 불쌍한 시라노! 일단 록산에게는 말하지 말도록 하세! 의사는 뭐라고 하던가?

라그노 잘은 모르지만, 고열이 어쩌고, 뇌막이 어쩌고 했어요! 아, 그 모습을 보셨으면! 머리를 온통 붕대로 싸매고! 빨리 달려가요! 지금 그분 곁에는 아무도 없어요! 혹시라도 일어났다가는 죽을 수도 있어요!

르 브레 (라그노를 오른쪽으로 데려가며) 저리로 가세! 오게, 이쪽이 더 빠르네! 예배당을 통해서 가는 게!

록산 (계단 위에 나타나며 예배당의 작은 문으로 통하는 주랑을 통해 달려가는 르 브레를 보고는) 르 브레 씨!

르 브레와 라그노가 대답하지 않고 달려 나간다.

록산 저 착한 라그노에게 또 무슨 일이 있는 모양이군!
(계단을 내려온다)

제4장

록산 혼자, 뒤이어 두 수녀, 잠시.

록산 아! 오늘, 9월의 마지막 날은 정말 아름답구나!
내 슬픔이 마침내 웃는구나. 4월의 무례에 기분이
상했던 그것도 덜 거친 가을한테는 지고 마는구나.
(록산이 자수틀을 들고 앉는다. 두 수녀가 나무 아래로 커다란 안락의자를 옮긴다)
아! 내 오래된 친구가 와서 앉을 고전적인 의자!
마르트 수녀 하지만 응접실에서 제일 나은 의자인걸요!
록산 고마워요, 수녀님.

수녀들이 돌아간다.

록산 이제 그가 곧 올 거야.
(자리에 앉는다. 종소리가 들려온다) 아…… 종이 울리는군.
내 실타래들! 종이 다 울렸나? 놀라운 일이네! 그가 처음
으로 지각을 할 건가?
접수계 수녀님이 ─ 골무가 어디 있지? 아, 여기 있네! ─
회개를 권유하고 있을 거야.
(잠시 침묵)
그래, 아마 그럴 거야! 더는 늦을 리가 없어. 아, 낙엽!
(손가락으로 자수틀 위에 떨어진 낙엽을 밀어낸다)
게다가 그 무엇도 ─ 가위가 어디 있지? ……그래, 내 가
방에! ─ 그가 오는 걸 막을 순 없을 거야!
한 수녀 (계단 위로 모습을 드러내며) 베르주라크 씨가 오셨습
니다.

제5장

록산, 시라노, 그리고 잠시 후, 마르트 수녀.

록산 (돌아보지 않은 채) 내 그럴 줄 알았다니까…….

말을 마친 록산은 수를 놓는다. 아주 창백한 시라노가 펠트 모자를 눈까지 눌러쓴 채 나타난다. 그를 안내해 준 수녀가 돌아간다. 그가 서 있기조차 힘든 듯 지팡이에 의지해 천천히 계단을 내려오기 시작한다. 록산은 그대로 앉아 태피스트리를 수놓고 있다.

록산 아! 이 바래 버린 색깔들…… 어떻게 이것들을 두드러져 보이게 하지?
   (시라노에게 친근하게 꾸짖는 어조로) 14년 만에 처음으로 지각을 하셨군요!
시라노 (힘겹게 의자까지 가서 털썩 주저앉아서는 창백한 얼굴과는 대조되는 쾌활한 목소리로) 그러게 말이오! 분하게도 붙들리는 바람에 이렇게 늦어 버렸소, 제길!
록산 누구한테요?
시라노 전혀 반갑지 않은 손님한테.
록산 (수를 놓으며 건성으로) 아! 그랬군요! 또 화가 난 어떤 남자?
시라노 아뇨, 이번에는 여자[2]였소.
록산 그래서 돌려보내셨나요?

시라노 그래요, 이렇게 말해 줬소.

미안하지만 오늘은 토요일이오.

내가 어딜 꼭 가야만 하는 날이올시다.

세상없어도 가야 하니, 한 시간 후에 다시 오시오!

록산 (가벼운 어조로) 그럼, 그 여자 분은 오늘 종일 기다려야겠네요. 해가 지기 전엔 제가 보내 주지 않을 테니까요.

시라노 (부드럽게) 어쩌면 오늘은 조금 더 일찍 가봐야 할지도 모르겠구려.

(눈을 감고 잠시 입을 다문다. 마르트 수녀가 예배당 계단 앞 정원을 가로질러 간다. 록산이 그녀를 보고는 고갯짓으로 그녀를 가리킨다)

록산 (시라노에게) 오늘은 마르트 수녀를 곯리지 않으세요?

시라노 (깜짝 놀라 눈을 뜨며) 천만에!

(우스꽝스러운 굵은 목소리로) 마르트 수녀! 이리 오시오!

수녀가 그를 향해 겁먹은 듯 다가온다.

시라노 하! 하! 하! 늘 그 아름다운 눈을 내리깔고!

마르트 수녀 (눈을 들고 웃으며) 하지만······

(그의 얼굴을 보고 놀란 몸짓을 하며) 오!

시라노 (록산을 가리키며 낮은 목소리로) 쉿! 아무 일도 아니오!

(허풍스런 목소리로 크게) 어젠 내가 아주 포식을 했다오.

2 죽음을 의미한다.

마르트 수녀 저도 알아요.

(혼잣말로) 그래서 저렇게 창백하신 거로군!

(빨리 그리고 작은 목소리로) 조금 있다 저희 공동 식당으로 오세요. 따뜻한 죽 한 사발 준비해 놓을게요……. 오실 거죠?

시라노 그래요 그래, 당연히 가야지.

마르트 수녀 아! 그래도 오늘은 제 말을 들으시네요!

록산 (그들이 소곤거리는 것을 듣고는) 그녀가 당신을 개종시키려 하나요?

마르트 수녀 설마요!

시라노 그래, 그렇지! 늘 경건한 수다로 날 괴롭히던 수녀님께서 오늘은 설교를 안 하시려나? 놀라운 일이군!

(허풍스럽게 화를 내며) 어허, 이것 참! 나도 수녀님을 놀라게 해드리고 싶소! 어디 보자, 내 오늘은 허락하겠소…….

(골탕 먹일 거리를 생각하다가 찾은 척 한다)

아! 이게 좋을까? 기도…… 오늘 저녁 예배당에서 날 위해 기도하는 걸.

록산 오! 오!

시라노 (웃으며) 마르트 수녀가 놀라서 얼이 빠지셨군!

마르트 수녀 (부드러운 어조로) 허락이 없어도 이미 오래전부터 해온걸요.

마르트 수녀가 돌아간다.

시라노 (자수틀을 들여다보고 있는 록산을 돌아보며) 당신이 그 태피스트리를 끝내는 걸 언제쯤이나 볼 수 있을는지!
록산 안 그래도 그 농담을 기다리고 있었어요.

그 순간, 살짝 바람이 불어 낙엽이 우수수 떨어진다.

시라노 낙엽!
록산 (고개를 들고 바라보며) 붉은 기가 감도는 금발 같네요. 떨어지는 걸 좀 보세요.
시라노 정말 아름답게 떨어지는군!
  가지에서 땅까지 그 짧은 여정 동안,
  그것이 마지막 아름다움이라는 걸 알기에,
  낙엽은 땅 위에서 썩어 가리라는 공포에도
  그 추락이 비상처럼 우아하길 원하는 거요!
록산 감상에 젖다니, 당신이?
시라노 (정신을 추스르며) 천만에요, 록산!
록산 자, 플라타너스 잎들은 떨어지도록 놔두고……. 어서 얘기나 좀 해줘요. 이번 주에는 어떤 소식들이 있죠?
시라노 그럽시다!
록산 아!
시라노 (고통과 싸우며 점점 더 창백해지는 얼굴로)
  토요일, 열아홉시, 왕께서 세트의 레지네[3]를 여덟 번이나 드셔 열이 오르셨소. 즉시 대역죄를 선고받은 그 병은 종두

---

3 배 따위와 포도즙을 섞은 과일 잼.

칼질 두 번으로 처형되었고, 그 존엄하신 맥박에 더는 열이 오르지 않았소. 일요일, 왕비의 궁에서 열린 무도회를 흰 밀랍 횃불 칠백예순세 개가 밝혔소. 들리기를, 우리 군이 오스트리아군을 격파했고. 마법사 넷을 교수형에 처했다 하오. 다티스 부인의 애견이 변을 못 봐 관장을 해야 했고…….

록산 베르주라크 씨, 그런 소식은 좀 삼가 주시겠어요?

시라노 월요일…… 새 소식 없음. 리그다미르가 애인을 바꿨소.

록산 오!

시라노 (점점 안 좋아지는 표정으로)

화요일, 궁 전체가 퐁텐블로로 옮겨 갔소. 수요일, 라 몽글라가 피에스크 백작에게 〈싫어요〉라고 말했소. 목요일, 만치니가 프랑스 왕비가 될 뻔 했소, 거의! 25일, 라 몽글라가 피에스크에게 〈좋아요〉라고 말했소. 그리고 토요일, 26일…….

(눈을 감는다. 그의 고개가 떨어진다. 침묵)

록산 (아무 소리도 들려오지 않는 것에 놀라 돌아보고는 겁에 질려 일어서며) 기절했나?

(놀란 록산이 외치며 그에게 달려간다) 시라노!

시라노 (다시 눈을 뜨며 희미한 목소리로) 누구지? ……무슨 일이지?

(자신을 들여다보는 록산을 보고는 급히 모자를 눌러쓰며 화들짝 뒤로 물러난다)

안 돼! 안 돼! 안심해요. 아무것도 아니니까. 날 놔줘요!

록산 하지만……

시라노 아라스에서…… 부상당한 곳이…… 가끔…… 알다시피……

록산 가엾은 시라노!

시라노 하지만 아무것도 아니오. 금방 괜찮아질 거요.
(애써 웃는다) 이제 괜찮아요.

록산 (그의 곁에 앉으며) 우린 둘 다 상처를 갖고 있어요. 제 옛 상처는 여기 있어요, 여전히 생생하게 남아.
(손으로 자기 가슴을 가리킨다) 그게 여기, 이 편지 아래, 눈물과 핏자국이 아직도 남아 있는 누렇게 바랜 종이 아래!
(석양의 어둠이 깔리기 시작한다)

시라노 그의 편지! ……당신이 말하지 않았소, 아마도 언젠가는 그 편지를 읽게 해줄 거라고?

록산 아! 읽어 보고 싶으세요? ……그의 편지를?

시라노 그렇소…… 읽어 보고 싶소…… 오늘…….

록산 (목에 걸어 두었던 주머니를 그에게 건네주며) 받으세요!

시라노 (주머니를 받으며) 열어 봐도 되겠소?

록산 열어서…… 읽어 보세요!
(다시 자수틀을 들여다보며 수를 놓기 시작한다)

시라노 (편지를 읽으며)
록산, 부디 안녕히, 난 곧 죽을 것이오!

록산 (깜짝 놀라 손을 멈추며) 소리 내어 큰 목소리로?

시라노 (읽으며)
아마 오늘 밤이 될 것이오, 내 사랑!
내 영혼은 표현하지 못한 사랑으로 아직 무겁기만 하오.

그리고 나는 죽을 것이오! 이제 결코, 취한 내 눈은 결코, 가슴 설레는…….

록산 정말 잘 읽는군요, 그의 편지를!

시라노 (계속 읽으며)
축제에 빠져 있던 내 눈길은 결코
당신의 몸짓들에 가볍게 입 맞추지 못할 것이오.
지금도 당신이 이마를 만지는 익숙한 몸짓이
선하게 떠오르는구려. 난 외치고 싶소…….

록산 (동요하며) 너무나 잘 읽는군요, 그 편지를!

어둠이 점점 짙어진다.

시라노 난 외치오, 안녕이라고!
록산 편지를 읽는……
시라노 내 소중한 사람, 내 보물……
록산 (꿈꾸듯) 저 목소리는……
시라노 나의 사랑!
록산 저 목소리는……
　(부르르 몸을 떤다)
　저건…… 오늘 처음 듣는 목소리가 아냐!
　(시라노 몰래 의자 뒤로 살며시 다가가 몸을 숙여 편지를 들여다본다. 그림자가 짙어진다)
시라노 내 마음은 단 한순간도 당신을 떠나지 않을 것이오.
그리고 나는 지금도, 저 세상에 가서도 당신을

한없이 사랑했던 사람으로, 당신을…….

록산 (그의 어깨에 손을 올려놓으며) 어떻게 그 편지를 읽을 수 있죠, 이렇게 어두운데?

깜짝 놀라 고개를 돌린 시라노가 바로 곁에 있는 록산을 보고 흠칫 뒤로 물러나 고개를 숙인다. 긴 침묵. 완전히 어둠이 깔리자 록산이 두 손을 모으고 천천히 말한다.

록산 지난 14년 동안 그가 나에게 웃음을 주러 찾아오는 오래된 친구 역할을 했군요!
시라노 록산!
록산 그건 당신이었어요.
시라노 아니오, 록산, 아니오!
록산 그가 내 이름을 불렀을 때 알아차렸어야 했는데!
시라노 아니오! 그건 내가 아니었소!
록산 당신이었어요!
시라노 내 맹세하리다…….
록산 그 모든 너그러운 속임수를 이제야 깨달았어요. 그 편지들을 쓴 건 당신이었어요…….
시라노 아니오!
록산 그 미친 듯한 열정의 말들, 그건 당신이었어요…….
시라노 아니오!
록산 어둠 속의 목소리, 그건 당신이었어요!
시라노 맹세컨대, 아니오!

록산 영혼, 그건 당신의 것이었어요!

시라노 난 당신을 사랑하지 않았소.

록산 당신은 절 사랑했어요!

시라노 (몸부림치며) 그건 그였소!

록산 당신은 절 사랑했어요!

시라노 (약해진 목소리로) 아니오!

록산 봐요, 벌써 목소리가 약해지잖아요!

시라노 아니오, 아니오, 내 소중한 사랑, 난 당신을 사랑하지 않았소!

록산 아! 너무나 많은 것들이 죽고⋯⋯ 태어나는군요! 왜 지난 14년 동안 입을 다무셨나요, 그와 아무 상관도 없는 이 편지에 남은 이 눈물은 당신이 흘린 것이었나요?

시라노 (그녀에게 편지를 내밀며) 피는 그의 것이었소.

록산 그럼 왜 그 숭고한 침묵이 오늘 깨지게 내버려 둔 거죠?

시라노 ⋯⋯왜냐고?

르 브레와 라그노가 달려 들어온다.

제6장

같은 인물들, 르 브레와 라그노.

르 브레 저렇게 분별이 없긴! 아! 여기 와 있을 줄 알았어!

시라노 (몸을 일으키고 웃으며) 이런, 어서 오게!

르 브레 일어나는 게 자살이나 다름없는 사람이에요, 부인!

록산 맙소사! 그럼 아까⋯⋯ 그 혼미함은? ⋯⋯그럼?

시라노 그렇지! 내가 아직 내 가제트를 끝맺지 못했구려. ⋯⋯그리고 토요일, 26일, 저녁 식사 한 시간 전에 베르주라크 씨가 불의의 습격을 받아 사망했소.

　(모자를 벗자 붕대로 감겨 있는 머리가 드러난다)

록산 뭐라는 거예요? 시라노! 붕대로 칭칭 감은 머리!
　아! 누가 이런 짓을 한 거죠? 도대체 왜?

시라노 〈나에게 걸맞은 적이 쏘는 단 하나의 고상한 무기에 맞아!〉⋯⋯그렇소, 언젠가 내가 이렇게 말한 적이 있었소! 운명이란 얼마나 묘한 것인지! ⋯⋯내가 매복해 있다 장작으로 뒤에서 내려친 하인 손에 죽게 됐으니! 잘된 일이오. 난 모든 걸 놓쳤을 것이오, 내 죽음조차도.

라그노 아! 시라노 씨!

시라노 라그노, 그렇게 시끄럽게 울지 말게!
　(라그노에게 손을 내민다) 그래, 지금은 어떤 일은 하고 있나, 내 동료 시인?

라그노 (눈물을 흘리며) 몰리에르 극단에서 양초⋯⋯ 심지 자르는⋯⋯ 일을 하고 있어요.

시라노 몰리에르!

라그노 하지만 내일이라도 당장 그를 떠나고 싶어요. 어떻게 그럴 수가! 어제, 「스카팽」을 공연했는데, 글쎄 그 사람이 당신 작품 한 장을 슬쩍했더라고요!

르 브레 통째로!

라그노 그래요, 그 유명한 「도대체 그가 어떻게 걸려들었을까?」를 말이죠.

르 브레 (분개하며) 몰리에르가 자네 걸 훔쳤네!

시라노 쉿! 쉿! 잘했지 뭔가!

(라그노에게) 그 장면, 관객들 반응은 괜찮았나?

라그노 (흐느껴 울며) 아! 시라노 씨, 다들 웃었어요! 배꼽을 잡고!

시라노 그래, 내 삶은 몰래 할 말을 일러 주고는 곧 잊히는 사람의 것이었어!

(록산에게) 크리스티앙이 당신 발코니 아래에서 당신에게 말을 했던 날 밤, 기억하시오? 그렇소! 그게 바로 내 삶이오. 내가 그 아래, 짙은 어둠 속에서 숨죽이고 있는 동안, 다른 사람들이 영광에 입 맞추기 위해 올라갔소! 그게 정의요. 난 내 무덤의 문턱에서 서서 인정하오, 몰리에르는 천재고, 크리스티앙은 미남이었다는 것을!

그 순간, 예배당 종소리가 울리고, 무대 안쪽 통로로 기도를 드리러 지나가는 수녀들이 보인다.

시라노 종소리가 울리니 다들 기도를 드리러 가는구먼!

록산 (그들을 부르기 위해 일어서며) 수녀님! 수녀님!

시라노 (그녀를 붙들며) 아니! 아니! 아무도 부르러 가지 말아요. 당신이 돌아올 때쯤이면, 난 이미 여기 없을 거요.

수녀들이 예배당으로 들어가고, 오르간 소리가 울려 퍼진다.

시라노 약간의 하모니가 부족했는데…… 이젠 됐구려.
록산 당신을 사랑해요, 죽지 말아요!
시라노 아니오! 옛이야기에 이르기를, 부끄러움으로 가득한 왕자에게 〈당신을 사랑해요!〉라고 말하면 그 햇살 같은 말에 그의 추함이 녹아 버리는 걸 느낀다고 했소. 하지만 당신은 내가 영원히 한결같다는 걸 알게 될 거요.
록산 내가 당신을 불행하게 만들었어요! 내가! 내가!
시라노 당신이? 천만에!

난 여성의 부드러움을 모르고 자랐소.
내 어머니는 날 예뻐하지 않았고, 나에겐 누이가 없었소.
커서는 비웃는 눈길을 가진 여자들이 두려웠소.
적어도 내가 여자 친구를 가진 건 당신 덕이었소.
당신 덕분에 여자 드레스가 내 삶 속을 지나갔소.

르 브레 (가지들 사이로 내려오는 환한 보름달을 가리키며)
 저기, 또 한 명의 여자 친구가 자네를 보러 내려오는군!
시라노 (달을 보고 웃으며) 그렇군.
록산 난 단 한 사람을 사랑했고, 그를 두 번씩이나 잃는구나!
시라노 르 브레, 난 기계를 발명하지 않고도 저 오팔 빛의 달에 올라갈 걸세.
록산 달에 올라가다니요?
시라노 그렇소, 난 달에 올라갈 거요.

신은 내 천국을 만들라고 날 저곳으로 보낼 거요

내가 사랑하는 영혼들이 저곳에 유배되어 있을 거요.
난 소크라테스와 갈릴레이를 만나게 될 것이오!

르 브레 (원통해하며) 아냐! 아닐세! 이건 말도 안 되네. 그리고 이건 너무 불공평해! 자네 같은 시인이! 이토록 크고 높은 마음이! 이렇게 죽다니! ……죽다니!

시라노 르 브레가 또 투덜거리는군!

르 브레 (눈물을 흘리며) 내 소중한 친구…….

시라노 (일어서서 초점을 잃은 눈으로) 저들이 가스코뉴의 카데들이다……. 기본 물질…… 그래!…… 바로 그게 난점이야…….

르 브레 착란에 빠져서도…… 과학을!

시라노 코페르니쿠스가 말하기를…….

록산 아!

시라노 도대체 그가 어떻게 걸려들었을까,
도대체 그가 어떻게 그런 일에 걸려들었을까?
철학자, 물리학자,
시인, 검객, 음악가,
그리고 우주 여행자,
즉시 되받아치는 위대한 반격자,
또한 연인 — 행복을 바라지 않는! —
모든 것이었고, 아무것도 아니었던
에르퀼-사비니엥 드 시라노 드 베르주라크
여기 잠들다.
……이런, 미안하지만 이제 그만 가야겠소.

더 이상 지체할 수가 없소.
보시오, 은은한 달빛이 날 데리러 오고 있소!
(그가 털썩 주저앉는다. 록산의 울음이 그를 현실로 다시 불러온다. 그녀를 바라보며 그녀의 베일을 어루만진다.)
난 당신이 매력적이고, 착하고, 잘생긴 크리스티앙을 덜 기리길 바라는 건 아니오.
다만, 차가운 한기가 내 척추를 파고들 때,
당신이 그 베일에 이중의 의미를 부여해 주길,
그를 기리는 상을 치르며
나도 약간은 기려 주길 바랄 뿐이오.

록산 맹세할게요······.

시라노 (부르르 몸을 떨며 벌떡 일어나)
안 돼! 여기가 아냐! 이 의자에서는 안 돼!

사람들이 그에게 달려들어 부축하려고 한다.

시라노 날 부축하지 마시오! 아무도!
(그가 나무로 가 등을 기댄다.)
이 나무 말고는!
(침묵)
그녀가 오고 있어. 이미 느껴지네,
내 발에 신겨진 대리석 장화,
내 손에 끼워진 납 장갑이!
(그의 몸이 뻣뻣해진다)

오! 하지만! ······그녀가 이미 오고 있으니,
난 기다리겠네, 꼿꼿이 서서,
(칼을 뽑는다)
손에 칼을 들고!

르 브레 시라노!
록산 (비틀거리며) 시라노!

모두가 겁에 질려 뒤로 물러선다.

시라노 그녀가 날 바라보는 것 같군······ 감히 내 코를 바라보다니, 이 들창코[4]가!
(칼을 치켜든다)
뭐라고? 그래 봤자 소용없다고? ······그건 나도 알아!
하지만 늘 이길 거라는 생각으로 싸우는 건 아냐!
아니지! 그럼! 아무 소용 없을 때가 더 아름다운 거야!
도대체 저것들은 다 뭐지? 당신들 수천 명이오?
아! 알아보겠군, 내 오래된 모든 적들!
거짓?
(칼로 허공을 찌른다)
받아라, 받아! ······하! 하! 하! 타협들,
편견들, 비열함들!
(다시 칼을 휘두른다)

---

4 〈들창코〉를 뜻하는 *camarde*에는 〈죽음〉이라는 의미도 있다.

나더러 타협하자고?

결코, 결코! ……아! 너, 거기 있었구나, 어리석음!

……너희들이 결국 날 죽이리라는 건 나도 알고 있다.

그래도 상관없어. 난 싸우고! 싸우고! 또 싸울 테니까!

(칼을 정신없이 휘두르다 헐떡이며 멈춘다)

그래, 너희들이 내게서 앗아 가는구나, 월계관과 장미를!

앗아 가라! 너희들이 아무리 그래도

나에겐 가져갈 뭔가가 있으니.

오늘밤, 내가 주님의 집으로 들어갈 때,

나는 그 푸른 문턱을 넘어 구원을 얻을 것이다.

너희들이 아무리 그래도 내가 주름 하나,

얼룩 한 점 없이 가져가는 그것은……

(칼을 높이 들고 달려 나간다)

그것은……

(칼이 그의 손에서 떨어진다. 비틀거리다 르 브레와 라 그노의 품에 쓰러진다)

록산 (몸을 숙여 그의 이마에 입을 맞추며) ……그것은?

시라노 (눈을 다시 뜨고는 그녀를 알아보고 웃으며 말한다)

나의 장식 깃털.

막

역자 해설
잘생긴 외모가 아니라 침묵과 헌신으로 지켜낸 사랑

 어렴풋이나마 〈시라노 드 베르주라크〉라는 이름을 알고 있는 독자 대부분은 아마 여러 해 전 국내에 개봉된 바 있는 제라르 드파르디외 주연의 동명 영화를 통해 그 이름을 처음 접했을 것이다. 창피한 얘기지만 프랑스 학을 전공한답시고 대학과 대학원을 들락거린 역자 역시 프랑스 유학 시절 그 영화를 접하고 나서야 실존 인물을 모델로 삼은 그런 극작품이 있었다는 사실을 알았으니 일반 독자들이야 오죽하겠는가.

 하지만 그 영화를 국내에서 본 독자나 프랑스에서 접한 역자나 〈원문의 참맛〉을 제대로 이해하지 못하기는 마찬가지였을 듯싶다. 물론 이미지의 도움이 있긴 했지만, 역자의 아둔한 귀가 마치 검무를 펼치는 듯한 달변의 속도를 따라잡지 못해 허둥댔던 것처럼, 한계가 있는 자막에 의존해 작품을 이해할 수밖에 없는 관객 역시 대사에 담긴 이중적 의미와 섬세한 뉘앙스를 제대로 파악하긴 힘들었을 것이기 때문이다. 그래서 다소 늦은 감이 있고 아쉬운 번역 솜씨지만 프랑스 연극사에서 가장 대중적인 작품 중 하나로 남아 있는 『시라노 *Cyrano de Bergerac*』를 국내 독자들에게 소개할 수 있게 된 것은 역자의 보람이 아닐 수 없다.

『시라노』의 문학사적 위치

프랑스 연극의 전통은 흔히 고전주의 시대라 일컬어지는 17세기에 정착되었다. 그리고 18세기는 아쉽게도 그 전통을 답습하는 데 그쳤다. 이 시기의 프랑스 연극은 주로 그리스 로마의 역사나 문학에서 따온 인물들을 다루었고, 대부분 심리적인 성격을 띠고 있었다. 전투처럼 폭력적이거나 충격적인 액션은 단순히 이야기되었을 뿐 무대에서 재현되지 않았고, 아리스토텔레스의 삼일치 원칙은 엄격하게 지켜졌다.

이러한 전통은 19세기에 들어 큰 변화를 겪게 된다. 빅토르 위고는 프랑스 낭만주의 선언문이라 할 수 있는 『크롬웰』(1827)의 「서문」을 통해 고전주의의 제한적 틀을 부수고 다양한 연극적 실험을 감행했다. 여러 유사점을 들어 『시라노』를 낭만주의 연극의 부흥 혹은 완성으로 보는 평자들도 있지만, 사실 『시라노』가 그 사조를 부활시키거나 계승했다고 보기는 어렵다. 『시라노』가 초연된 것이 1897년이고, 저자인 에드몽 로스탕이 낭만주의가 연극 무대에 가져다준 자유를 누린 것은 사실이지만 사조나 운동을 표방하고 나선 적이 없기 때문이다.

『시라노』의 뿌리는 낭만주의 Romantisme 보다는 오히려 프랑스 중세 문학의 한 형태인 로망스 Romance에서 찾는 것이 더 타당할 것 같다. 이 이야기들 중 가장 대표적인 것이 『롤랑의 노래 Chanson de Roland』와 『장미 로망 Roman de la Rose』인데, 전자는 모욕을 당하면 반드시 복수를 하고 한번 한 약속은 목숨을 바쳐서라도 지키는 용감하고 지조 있는 영웅에 관한 것이고, 후자는 감히 다가가지 못하고 먼발치에서 자기희생을 통해 귀부인을 숭배하며 섬기는 기사의 헌신적인 사랑을 이상화하는, 당시 가장 대중적인 문학 형태였다. 에드몽 로스탕이 이러한 이야기들의 본산인 프랑스 남부 지방 출신이고 작품의 모델이 된 실존 인물 시라노의 집안 역시 그 지방에 뿌리가 닿아 있다는 점을 감안할 때, 『시라노』의 중심인물과 줄거리가 민간에서 전승된 이 두 장르의 혼합에서 나왔다고 봐도 무리가 없을 듯하다.

에드몽 로스탕과 시라노 드 베르주라크

에드몽 로스탕은 1868년 마르세유의 신흥 부르주아 집안에서 출생했다. 일찍이 극작가가 되기로 결심하고 여러 편의 습작을 시도하지만 완성시키지는 못한다. 시인인 로즈몽 제라르와 결혼 후, 1894년 『로마네스크 Romanesques』, 1895년 『먼 나라의 공주 La Princesse Lointaine』와 1897년 『사마리아 여인 La Samaritaine』을 연이어 무대에 올리지만 평단과 관객들로부터 호평을 얻지는 못한다. 하지만 필시 1893년에 출간된 P. A. 브룅의 저작『사비니앵 드 시라노 드 베르주라크, 그의 생애와 작품Savinien de Cyrano de Bergerac, sa vie et ses oeuvres』에서 영감을 얻어 썼을『시라노』가 1897년 12월 28일 초연을 시작으로 무려 500회 연속 공연을 기록하는 대성공을 거둔다. 이후에도 나폴레옹의 후계자를 다룬『새끼 독수리L'Aiglon』(1900), 동물들을 등장인물로 삼은『샹트클레르Chantecler』(1910) 등의 작품을 쓰지만『시라노』만 한 인기를 누리지는 못한다. 이후 로스탕은 서른세 살의 젊은 나이에 프랑스 아카데미 회원이 되었으나, 몸이 허약해 시골에서 요양 생활을 하다 1918년 파리에서 사망한다.

비록 무대에 올릴 때는 시라노를 누가 연기하느냐에 따라 연극의 성패가 크게 좌우되었던 터라 명배우 코클랭(로스탕이 이 배우를 염두에 두고『시라노』를 썼다고 한다. 이름으로 보아 시라노처럼 코가 컸던 건 아닐까?)에게 바쳤지만, 원문 헌사에서 로스탕은 이 작품을 시라노의 정신에 바치고 싶다고 밝힌 바 있다. 그만큼 로스탕은 당시 막 재발견된 시라노 드 베르주라크라는 역사적 인물에게 크게 매료되었던 것으로 보인다.

시라노 드 베르주라크는 1619년 파리의 한 법관 귀족 집안에서 태어나, 집안의 영지였던 모비에르와 베르주라크를 오가며 유소년 시절을 보낸다. 일찍이 군인의 길로 들어서지만 1640년 아라스 포위전에서 심각한 부상을 입고 군을 떠난 후로는 문인들과 교류하며 기행을 벌여 문인 검객과 자유사상가로서의 명성을 쌓아 간다. 아버지가 사망하자 물려받은 유산으로 방탕한 생활을 하다 머리에 들보가 떨어지는 불의의 사고를 당해 1655년 사망한다. 그는 1645년 희극 『골탕 먹은 현학자 le Pedant joué』를 시작으로 비극 『아그리핀의 죽음 la Mort d'Agrippine』(1654), 유토피아 소설 『다른 세상 l'Autre Monde』(1657, 국내에도 번역 소개되어 있다), 『서한집』(1905) 등 다양한 장르를 오가며 작품을 남겼다. 시라노에게 있어서 문학은 무엇보다 글쓰기를 통한 자유의 추구였고, 그의 작품들은 당대를 지배한 모든 권위에 대한 비판이자 도전으로 읽힐 수 있다.

이렇게 볼 때, 『시라노』의 성공은 코클랭과 같은 명배우의 연기, 역사적 인물 시라노의 재발견 그리고 로스탕과 같은 극작가의 개성과 재능이 절묘하게 결합되어 이루어 낸 결과라고 할 수 있을 것이다.

아이러니

『시라노』의 가장 특징적인 연극적 장치 중 하나는 아이러니다. 아이러니는 넓은 의미로 겉으로 드러나는 것과 실재하는 것 사이의 명백한 차이로 정의될 수 있다. 물론 아이러니가 그리스 초기부터 널리 사용되어 온 문학적 장치인 것은 사실이지만, 『시라노』의 경우에는 주된 주제가 외양과 진실 사이의 갈등인 만큼 주제 자체가 아이러니와 밀접하게 연관되어 있다고 할 수 있다. 이해를 돕기 위해 극 중에 나타난 아이러니의 예를 몇 가지만 들어 보자.

우선, 아름다운 정신 *Bel Esprit*을 추구하는 록산이 크리스티앙의 잘생긴 외모에 반하고, 정작 그것을 가진 시라노는 추한 외모 때문에 속내를 털어 놓지 못하는 상황이 아이로니컬하다.

이런 상황에서 록산이 시라노에게 크리스티앙에 대한 사랑을 고백하는 것도, 시라노에게 그를 보호해 달라고 부탁하는 것도 아이로니컬하다.

시라노의 낙담이 록산과 크리스티앙 사이의 로맨스를 가능케 하는 것 역시 아이러니고, 크리스티앙이 혼자 구애를 시도하다 무참하게 실패하는 것도, 그가 시라노의 힘을 빌려 록산과 결혼하는 것도 아이러니다.

또한 백 명의 괴한을 물리친 시라노가 하인이 내리친 장작에 맞아 허무하게 죽는 것도 아이러니고, 록산이 평생 오직 한 사람만 사랑해 놓고 그를 두 번씩이나 잃는 것 역시 아이러니다.

이외에도 다양한 층위에서 발견되는 아이러니들은 관객 혹은 독자의 웃음과 눈물을 동시에 유발시키며 겉으로 드러나는 것이 늘 진실은 아니고, 진실이 늘 겉으로 드러나는 것은 아니라는 극 전체의 주제를 일깨워 준다.

사랑과 자유

『시라노』가 오늘날까지 대중적인 인기를 누리는 것은 시라노라는 인물이 우리 모두가 꿈꾸는 보편적 가치, 지고지순한 사랑과 자유의 정신을 구현해 주기 때문일 것이다. 시라노는 중세의 기사처럼 철저한 자기희생을 통해 자신의 사랑을 실현한다. 결국 록산을 — 동시에 관객이나 독자를 — 감동시키는 것은 잘생긴 외모나 재치 넘치는 말솜씨가 아니라 최후의 순간까지 지킨 사랑, 그리고 침묵과 헌신이다. 마찬가지로 시라노는 세상과 타협하지 않음으로써, 비참한 최후를 당당하게 받아들임으로써 자유의 정신을 실현한다. 적을 만들지 말고 편하게 살라고 충고하는 친구에게 퍼붓는 시라노의 호통은 통쾌하기 그지없고, 시라노가 임종의 순간 칼을 빼들고 온갖 망령들과 싸우다 결국 단 하나 〈장식 깃털(기사로서의 기개)〉만 저 세상으로 가져가겠노라고 외칠 때 우리의 가슴은 먹먹해진다.

작업을 끝내고 나니 여러모로 아쉬움이 남는다. 무엇보다 운문의 아름다움을 제대로 살리지 못한 점이 그렇다. 언어 구조의 차이로 인해 각운을 맞추는 것은 애당초 불가능했지만, 그래도 음절 수를 맞추고 원본의 레이아웃을 충실히 지켜 원문에 조금이라도 더 가까이 다가가고자 한 것이 역자의 바람이었다. 하지만 책의 판형과 가독성을 고려한 결정들이 내려지자 여러 가지 기술적인 문제가 발생했고, 역자의 바람은 바람으로만 남게 되었다. 하지만 어쩌면 프랑스어 운문에 익숙하지 않은 독자들에겐 오히려 이 책의 레이아웃이 대하기에 더 편할지도 모르겠다. 부디 그러기를 바라며 간략한 해설을 마치고자 한다.

이상해

에드몽 로스탕 연보

1868년 출생 4월 1일 마르세유의 한 유복한 부르주아 집안에서 출생. 경제학자이자 시인인 아버지 슬하에서 공부하다 1884년 파리로 상경.

1887년 19세 〈프로방스 지방 출신의 두 소설가 오노레 뒤르페와 에밀 졸라〉에 대한 연구로 아카데미 프랑세즈의 비야르 원수상을 수상.

1888년 20세 파리 대학에 진학해 법률을 공부.

1889년 21세 아내가 될 로즈몽의 이복형제 앙리 리와 함께 4장으로 구성된 보드빌 『붉은 장갑 Le Gant rouge』을 쓰지만 참담한 실패를 맛봄.

1890년 22세 4월 8일 시인 로즈몽 제라르와 결혼. 학위를 취득하나 법관의 길을 포기하고 시집 『심심풀이 Les Musardises』의 자비 출간과 함께 본격적인 작가의 길로 들어섬. 운문희곡 『두 명의 피에로 Les Deux Pierrots』를 완성하지만 프랑스 국립극장 코메디 프랑세즈로부터 공연을 거절당함.

1894년 26세 5월 21일 「로마네스크 Les Romanesques」가 코메디 프랑세즈에서 공연되어 대중인 성공을 거둠. 여배우 사라 베르나르를 염두에 두고 쓴 중세 배경의 서정적인 드라마 『먼 나라의 공주 La Princesse lointaine』 탈고. 사라는 1897년 4월 14일 르네상스 극장에서 초연된 「사마리아 여인 La Samaritaine」에서도 주역을 맡아 열연함.

1896년 28세   드레퓌스 사건에서 드레퓌스를 지지함.

1897년 29세   막대한 비용을 떠안는 위험을 무릅쓰고 무대에 올린「시라노」가 명배우 콩스탕 코클랭의 열연에 힘입어 12월 28일 초연을 시작으로 1999년 3월까지 무려 500회 연속 공연을 기록하는 대성공을 거둠.

1898년 30세   1월 1일 레지옹 도뇌르 훈장을 받음.

1900년 32세   3월 15일 자신의 운명과 드잡이하는 나폴레옹의 아들 라이히슈타트 공작의 고뇌를 그린 신작「새끼 독수리 L'Aiglon」가 초연되어 성공을 거둠.

1901년 33세   5월 30일 서른셋의 젊은 나이에 아카데미 프랑세즈 회원으로 선출됨. 그러나 폐렴에 걸려 바스크 지방으로 휴양을 떠나는 바람에 전통적인 선출 기념 연설은 2년 후에나 하게 됨.

1905년 37세   바스크 지방의 한 농장에서 관찰한 가금의 세계를 그린『먼 샹트클레르 Chantecler』를 탈고하지만 작품의 질을 확신하지 못해 무대에 올리지는 못함. 결국 1910년에 가서야 무대에 올리지만 관객의 호응을 얻지는 못함. 실패와 병마, 배우 콩스탕 코클랭의 죽음까지 겹쳐 창작의 의욕을 잃음.

1908년 40세   팬터마임『성스러운 숲 Le Bois sacré』출간.

1911년 43세   돈 후안, 파우스트, 폴리치넬라를 한데 모아 놓은 삼부작을 쓰기 시작. 첫 편『돈 후안의 마지막 밤 La Dernière Nuit de Don Juan』출간.

1914년 46세   제1차 세계 대전 발발. 비록 건강 때문에 참전하진 못하지만, 애국심을 고취하는 시들인「마르세예즈의 비상 Le Vol de la Marseillaise」(1916),「날개 찬가 Le Cantique de l'Aile」(1921)를 써서 프랑스 병사들에게 연대 정신을 표명함.

1918년 50세   스페인 독감에 걸려 휴전 다음 날인 12월 2일 파리에서 사망.

열린책들 세계문학 027 시라노

옮긴이 이상해 1960년 부산에서 태어났다. 한국외국어대학교와 동 대학원 불어과를 졸업하고 프랑스 스트라스부르 대학, 릴 대학에서 박사 과정을 수료했다. 옮긴 책으로는 미셸 우엘벡의 『어느 섬의 가능성』, 아멜리 노통브의 『머큐리』, 베르코르의 『바다의 침묵』, 알베르 베갱의 『낭만적 영혼과 꿈』, 알랭 로브그리예의 『되풀이』, 크리스토프 바타유의 『지옥 만세』, 파울로 코엘료의 『11분』, 『베로니카, 죽기로 결심하다』, 『악마와 미스 프랭』, 가오싱젠의 『영혼의 산』, 산샤의 『바둑 두는 여자』, 『여황 측천무후』 등이 있다. 『여황 측천무후』로 제2회 한국 출판 문화 대상 번역상을 수상했다.

지은이 에드몽 로스탕 **옮긴이** 이상해 **발행인** 홍예빈
발행처 주식회사 열린책들 **주소** 경기도 파주시 문발로 253 파주출판도시
전화 031-955-4000 **팩스** 031-955-4004
홈페이지 www.openbooks.co.kr **이메일** literature@openbooks.co.kr
Copyright (C) 주식회사 열린책들, 2008, 2009, *Printed in Korea.*
ISBN 978-89-329-0940-0 04860 **ISBN** 978-89-329-1499-2 (세트)
발행일 2008년 7월 1일 초판 1쇄 2009년 12월 20일 세계문학판 1쇄 2025년 2월 5일 세계문학판 15쇄

이 도서의 국립중앙도서관 출판예정도서목록(CIP)은 서지정보유통지원시스템 홈페이지(http://seoji.nl.go.kr)와 국가자료공동목록시스템(http://www.nl.go.kr/kolisnet)에서 이용하실 수 있습니다.(CIP제어번호:CIP2009003480)

# 열린책들 세계문학
Open Books World Literature

001 **죄와 벌** 표도르 도스토옙스키 장편소설 | 홍대화 옮김 | 전2권 | 각 408, 504면

003 **최초의 인간** 알베르 카뮈 장편소설 | 김화영 옮김 | 392면

004 **소설** 제임스 미치너 장편소설 | 윤희기 옮김 | 전2권 | 각 280, 368면

006 **개를 데리고 다니는 부인** 안똔 체호프 소설선집 | 오종우 옮김 | 368면

007 **우주 만화** 이탈로 칼비노 단편집 | 김운찬 옮김 | 424면

008 **댈러웨이 부인** 버지니아 울프 장편소설 | 최애리 옮김 | 296면

009 **어머니** 막심 고리끼 장편소설 | 최윤락 옮김 | 544면

010 **변신** 프란츠 카프카 중단편집 | 홍성광 옮김 | 464면

011 **전도서에 바치는 장미** 로저 젤라즈니 중단편집 | 김상훈 옮김 | 432면

012 **대위의 딸** 알렉산드르 뿌쉬낀 장편소설 | 석영중 옮김 | 240면

013 **바다의 침묵** 베르코르 소설선집 | 이상해 옮김 | 256면

014 **원수들, 사랑 이야기** 아이작 싱어 장편소설 | 김진준 옮김 | 320면

015 **백치** 표도르 도스토옙스키 장편소설 | 김근식 옮김 | 전2권 | 각 500, 528면

017 **1984년** 조지 오웰 장편소설 | 박경서 옮김 | 392면

019 **이상한 나라의 앨리스** 루이스 캐럴 환상동화 | 머빈 피크 그림 | 최용준 옮김 | 336면

020 **베네치아에서의 죽음** 토마스 만 중단편집 | 홍성광 옮김 | 432면

021 **그리스인 조르바** 니코스 카잔차키스 장편소설 | 이윤기 옮김 | 488면

022 **벚꽃 동산** 안똔 체호프 희곡선집 | 오종우 옮김 | 336면

023 **연애 소설 읽는 노인** 루이스 세풀베다 장편소설 | 정창 옮김 | 192면

024 **젊은 사자들** 어윈 쇼 장편소설 | 정영문 옮김 | 전2권 | 각 416, 408면

026 **젊은 베르테르의 슬픔** 요한 볼프강 폰 괴테 장편소설 | 김인순 옮김 | 240면

027 **시라노** 에드몽 로스탕 희곡 | 이상해 옮김 | 256면

028 **전망 좋은 방** E. M. 포스터 장편소설 | 고정아 옮김 | 352면

029 **까라마조프 씨네 형제들** 표도르 도스토옙스키 장편소설 | 이대우 옮김 | 전3권 | 각 496, 496, 460면

032 **프랑스 중위의 여자** 존 파울즈 장편소설 | 김석희 옮김 | 전2권 | 각 344면

034 **소립자** 미셸 우엘벡 장편소설 | 이세욱 옮김 | 448면

035 **영혼의 자서전** 니코스 카잔차키스 자서전 | 안정효 옮김 | 전2권 | 각 352, 408면

037 **우리들** 예브게니 자먀찐 장편소설 | 석영중 옮김 | 320면

038 **뉴욕 3부작** 폴 오스터 장편소설 | 황보석 옮김 | 480면

039 **닥터 지바고** 보리스 파스테르나크 장편소설 | 홍대화 옮김 | 전2권 | 각 480, 592면

041 **고리오 영감** 오노레 드 발자크 장편소설 | 임희근 옮김 | 456면

042 **뿌리** 알렉스 헤일리 장편소설 | 안정효 옮김 | 전2권 | 각 400, 448면

044 **백년보다 긴 하루** 친기즈 아이뜨마또프 장편소설 | 황보석 옮김 | 560면

045 **최후의 세계** 크리스토프 란스마이어 장편소설 | 장희권 옮김 | 264면

046 **추운 나라에서 돌아온 스파이** 존 르카레 장편소설 | 김석희 옮김 | 368면

047 **산도칸 – 몸프라쳄의 호랑이** 에밀리오 살가리 장편소설 | 유향란 옮김 | 428면

048 **기적의 시대** 보리슬라프 페키치 장편소설 | 이윤기 옮김 | 560면

049 **그리고 죽음** 짐 크레이스 장편소설 | 김석희 옮김 | 224면

050 **세설** 다니자키 준이치로 장편소설 | 송태욱 옮김 | 전2권 | 각 480면

052 **세상이 끝날 때까지 아직 10억 년** 스뜨루가쯔끼 형제 장편소설 | 석영중 옮김 | 224면

053 **동물 농장** 조지 오웰 장편소설 | 박경서 옮김 | 208면

054 **캉디드 혹은 낙관주의** 볼테르 장편소설 | 이봉지 옮김 | 232면

055 **도적 떼** 프리드리히 폰 실러 희곡 | 김인순 옮김 | 264면

056 **플로베르의 앵무새** 줄리언 반스 장편소설 | 신재실 옮김 | 320면

057 **악령** 표도르 도스토옙스키 장편소설 | 박혜경 옮김 | 전3권 | 각 328, 408, 528면

060 **의심스러운 싸움** 존 스타인벡 장편소설 | 윤희기 옮김 | 340면

061 **몽유병자들** 헤르만 브로흐 장편소설 | 김경연 옮김 | 전2권 | 각 568, 544면

063 **몰타의 매** 대실 해밋 장편소설 | 고정아 옮김 | 304면

064 **마야꼬프스끼 선집** 블라지미르 마야꼬프스끼 선집 | 석영중 옮김 | 320면

065 **드라큘라** 브램 스토커 장편소설 | 이세욱 옮김 | 전2권 | 각 340, 344면

067 **서부 전선 이상 없다** 에리히 마리아 레마르크 장편소설 | 홍성광 옮김 | 336면

068 **적과 흑** 스탕달 장편소설 | 임미경 옮김 | 전2권 | 각 376, 368면

070 **지상에서 영원으로** 제임스 존스 장편소설 | 이종인 옮김 | 전3권 | 각 396, 380, 388면

073 **파우스트** 요한 볼프강 폰 괴테 희곡 | 김인순 옮김 | 568면

074 **쾌걸 조로** 존스턴 매컬리 장편소설 | 김훈 옮김 | 316면

075 **거장과 마르가리따** 미하일 불가꼬프 장편소설 | 홍대화 옮김 | 전2권 | 각 364, 328면

077 **순수의 시대** 이디스 워튼 장편소설 | 고정아 옮김 | 448면

078 **검의 대가** 아르투로 페레스 레베르테 장편소설 | 김수진 옮김 | 376면

079 **예브게니 오네긴** 알렉산드르 뿌쉬낀 운문소설 | 석영중 옮김 | 328면

080 **장미의 이름** 움베르토 에코 장편소설 | 이윤기 옮김 | 전2권 | 각 440, 448면

082 **향수** 파트리크 쥐스킨트 장편소설 | 강명순 옮김 | 384면

083 **여자를 안다는 것** 아모스 오즈 장편소설 | 최창모 옮김 | 280면

084 **나는 고양이로소이다** 나쓰메 소세키 장편소설 | 김난주 옮김 | 544면

085 **웃는 남자** 빅토르 위고 장편소설 | 이형식 옮김 | 전2권 | 각 472, 496면

087 **아웃 오브 아프리카** 카렌 블릭센 장편소설 | 민승남 옮김 | 480면

088 **무엇을 할 것인가** 니꼴라이 체르니셰프스끼 장편소설 | 서정록 옮김 | 전2권 | 각 360, 404면

090 **도나 플로르와 그녀의 두 남편** 조르지 아마두 장편소설 | 오숙은 옮김 | 전2권 | 각 328, 308면

092 **미사고의 숲** 로버트 홀드스톡 장편소설 | 김상훈 옮김 | 416면

093 **신곡** 단테 알리기에리 장편서사시 | 김운찬 옮김 | 전3권 | 각 292, 296, 328면

096 **교수** 샬럿 브론테 장편소설 | 배미영 옮김 | 368면

097 **노름꾼** 표도르 도스토옙스키 장편소설 | 이재필 옮김 | 320면

098 **하워즈 엔드** E. M. 포스터 장편소설 | 고정아 옮김 | 508면

099 **최후의 유혹** 니코스 카잔차키스 장편소설 | 안정효 옮김 | 전2권 | 각 408면

101 **키리냐가** 마이크 레스닉 장편소설 | 최용준 옮김 | 464면

102 **바스커빌가의 개** 아서 코넌 도일 장편소설 | 조영학 옮김 | 264면

103 **버마 시절** 조지 오웰 장편소설 | 박경서 옮김 | 400면

104 **10 1/2장으로 쓴 세계 역사** 줄리언 반스 장편소설 | 신재실 옮김 | 464면

105 **죽음의 집의 기록** 표도르 도스토옙스키 장편소설 | 이덕형 옮김 | 528면

106 **소유** 앤토니어 수전 바이어트 장편소설 | 윤희기 옮김 | 전2권 | 각 440, 480면

108 **미성년** 표도르 도스토옙스키 장편소설 | 이상룡 옮김 | 전2권 | 각 512, 544면

110 **성 앙투안느의 유혹** 귀스타브 플로베르 희곡소설 | 김용은 옮김 | 584면

111 **밤으로의 긴 여로** 유진 오닐 희곡 | 강유나 옮김 | 240면

112 **마법사** 존 파울즈 장편소설 | 정영문 옮김 | 전2권 | 각 512, 552면

114 **스쩨빤치꼬보 마을 사람들** 표도르 도스토옙스키 장편소설 | 변현태 옮김 | 416면

115 **플랑드르 거장의 그림** 아르투로 페레스 레베르테 장편소설 | 정창 옮김 | 512면

116 **분신** 표도르 도스토옙스키 장편소설 | 석영중 옮김 | 288면

117 **가난한 사람들** 표도르 도스토옙스키 장편소설 | 석영중 옮김 | 256면

118 **인형의 집** 헨리크 입센 희곡 | 김창화 옮김 | 272면

119 **영원한 남편** 표도르 도스토옙스키 장편소설 | 정명자 외 옮김 | 448면

120 **알코올** 기욤 아폴리네르 시집 | 황현산 옮김 | 352면

121 **지하로부터의 수기** 표도르 도스토옙스키 장편소설 | 계동준 옮김 | 256면

122 **어느 작가의 오후** 페터 한트케 중편소설 | 홍성광 옮김 | 160면

123 **아저씨의 꿈** 표도르 도스토옙스키 장편소설 | 박종소 옮김 | 304면

124 **네또츠까 네즈바노바** 표도르 도스토옙스키 장편소설 | 박재만 옮김 | 316면

125 **곤두박질** 마이클 프레인 장편소설 | 최용준 옮김 | 528면

126 **백야 외** 표도르 도스토옙스키 소설선집 | 석영중 외 옮김 | 408면

127 **살라미나의 병사들** 하비에르 세르카스 장편소설 | 김창민 옮김 | 296면

128 **뻬쩨르부르그 연대기 외** 표도르 도스토옙스키 소설선집 | 이항재 옮김 | 296면

129 **상처받은 사람들** 표도르 도스토옙스키 장편소설 | 윤우섭 옮김 | 전2권 | 각 296, 392면

131 **악어 외** 표도르 도스토옙스키 소설선집 | 박혜경 외 옮김 | 312면

132 **허클베리 핀의 모험** 마크 트웨인 장편소설 | 윤교찬 옮김 | 416면

133 **부활** 레프 똘스또이 장편소설 | 이대우 옮김 | 전2권 | 각 308, 416면

135 **보물섬** 로버트 루이스 스티븐슨 장편소설 | 머빈 피크 그림 | 최용준 옮김 | 360면

136 **천일야화** 앙투안 갈랑 엮음 | 임호경 옮김 | 전6권 | 각 336, 328, 372, 392, 344, 320면

142 **아버지와 아들** 이반 뚜르게네프 장편소설 | 이상원 옮김 | 328면

143 **오만과 편견** 제인 오스틴 장편소설 | 원유경 옮김 | 480면

144 **천로 역정** 존 버니언 우화소설 | 이동일 옮김 | 432면

145 **대주교에게 죽음이 오다** 윌라 캐더 장편소설 | 윤명옥 옮김 | 352면

146 **권력과 영광** 그레이엄 그린 장편소설 | 김연수 옮김 | 384면

147 **80일간의 세계 일주** 쥘 베른 장편소설 | 고정아 옮김 | 352면

148 **바람과 함께 사라지다** 마거릿 미첼 장편소설 | 안정효 옮김 | 전3권 | 각 616, 640, 640면

151 **기탄잘리** 라빈드라나트 타고르 시집 | 장경렬 옮김 | 224면

152 **도리언 그레이의 초상** 오스카 와일드 장편소설 | 윤희기 옮김 | 384면

153 **레우코와의 대화** 체사레 파베세 희곡소설 | 김운찬 옮김 | 280면

154 **햄릿** 윌리엄 셰익스피어 희곡 | 박우수 옮김 | 256면

155 **맥베스** 윌리엄 셰익스피어 희곡 | 권오숙 옮김 | 176면

156 **아들과 연인** 데이비드 허버트 로런스 장편소설 | 최희섭 옮김 | 전2권 | 464, 432면

158 **그리고 아무 말도 하지 않았다** 하인리히 뵐 장편소설 | 홍성광 옮김 | 272면

159 **미덕의 불운** 싸드 장편소설 | 이형식 옮김 | 248면

160 **프랑켄슈타인** 메리 W. 셸리 장편소설 | 오숙은 옮김 | 320면

161 **위대한 개츠비** 프랜시스 스콧 피츠제럴드 장편소설 | 한애경 옮김 | 280면

162 **아Q정전** 루쉰 중단편집 | 김태성 옮김 | 320면

163 **로빈슨 크루소** 대니얼 디포 장편소설 | 류경희 옮김 | 456면

164 **타임머신** 허버트 조지 웰스 소설선집 | 김석희 옮김 | 304면

165 **제인 에어** 샬럿 브론테 장편소설 | 이미선 옮김 | 전2권 | 각 392, 384면

167 **풀잎** 월트 휘트먼 시집 | 허현숙 옮김 | 280면

168 **표류자들의 집** 기예르모 로살레스 장편소설 | 최유정 옮김 | 216면

169 **배빗** 싱클레어 루이스 장편소설 | 이종인 옮김 | 520면

170 **이토록 긴 편지** 마리아마 바 장편소설 | 백선희 옮김 | 192면

171 **느릅나무 아래 욕망** 유진 오닐 희곡 | 손동호 옮김 | 168면

172 **이방인** 알베르 카뮈 장편소설 | 김예령 옮김 | 208면

173 **미라마르** 나기브 마푸즈 장편소설 | 허진 옮김 | 288면

174 **지킬 박사와 하이드 씨** 로버트 루이스 스티븐슨 소설선집 | 조영학 옮김 | 320면

175 **루진** 이반 뚜르게네프 장편소설 | 이항재 옮김 | 264면

176 **피그말리온** 조지 버나드 쇼 희곡 | 김소임 옮김 | 256면

177 **목로주점** 에밀 졸라 장편소설 | 유기환 옮김 | 전2권 | 각 336면

179 **엠마** 제인 오스틴 장편소설 | 이미애 옮김 | 전2권 | 각 336, 360면

181 **비숍 살인 사건** S.S. 밴 다인 장편소설 | 최인자 옮김 | 464면

182 **우신예찬** 에라스무스 풍자문 | 김남우 옮김 | 296면

183 **하자르 사전** 밀로라드 파비치 장편소설 | 신현철 옮김 | 488면

184 **테스** 토머스 하디 장편소설 | 김문숙 옮김 | 전2권 | 각 392, 336면

186 **투명 인간** 허버트 조지 웰스 장편소설 | 김석희 옮김 | 288면

187 **93년** 빅토르 위고 장편소설 | 이형식 옮김 | 전2권 | 각 288, 360면

189 **젊은 예술가의 초상** 제임스 조이스 장편소설 | 성은애 옮김 | 384면

190 **소네트집** 윌리엄 셰익스피어 연작시집 | 박우수 옮김 | 200면

191 **메뚜기의 날** 너새니얼 웨스트 장편소설 | 김진준 옮김 | 280면

192 **나사의 회전** 헨리 제임스 중편소설 | 이승은 옮김 | 256면

193 **오셀로** 윌리엄 셰익스피어 희곡 | 권오숙 옮김 | 216면

194 **소송** 프란츠 카프카 장편소설 | 김재혁 옮김 | 376면

195 **나의 안토니아** 윌라 캐더 장편소설 | 전경자 옮김 | 368면

196 **자성록** 마르쿠스 아우렐리우스 명상록 | 박민수 옮김 | 240면

197 **오레스테이아** 아이스킬로스 비극 | 두행숙 옮김 | 336면

198 **노인과 바다** 어니스트 헤밍웨이 소설선집 | 이종인 옮김 | 320면

199 **무기여 잘 있거라** 어니스트 헤밍웨이 장편소설 | 이종인 옮김 | 464면

200 **서푼짜리 오페라** 베르톨트 브레히트 희곡선집 | 이은희 옮김 | 320면

201 **리어 왕** 윌리엄 셰익스피어 희곡 | 박우수 옮김 | 224면

202 **주홍 글자** 너새니얼 호손 장편소설 | 곽영미 옮김 | 360면

203 **모히칸족의 최후** 제임스 페니모어 쿠퍼 장편소설 | 이나경 옮김 | 512면

204 **곤충 극장** 카렐 차페크 희곡선집 | 김선형 옮김 | 360면

205 **누구를 위하여 종은 울리나** 어니스트 헤밍웨이 장편소설 | 이종인 옮김 | 전2권 | 각 416, 400면

207 **타르튀프** 몰리에르 희곡선집 | 신은영 옮김 | 416면

208 **유토피아** 토머스 모어 소설 | 전경자 옮김 | 288면

209 **인간과 초인** 조지 버나드 쇼 희곡 | 이후지 옮김 | 320면

210 **페드르와 이폴리트** 장 라신 희곡 | 신정아 옮김 | 200면

211 **말테의 수기** 라이너 마리아 릴케 장편소설 | 안문영 옮김 | 320면

212 **등대로** 버지니아 울프 장편소설 | 최애리 옮김 | 328면

213 **개의 심장** 미하일 불가꼬프 중편소설집 | 정연호 옮김 | 352면

214 **모비 딕** 허먼 멜빌 장편소설 | 강수정 옮김 | 전2권 | 각 464, 488면

216 **더블린 사람들** 제임스 조이스 단편소설집 | 이강훈 옮김 | 336면

217 **마의 산** 토마스 만 장편소설 | 윤순식 옮김 | 전3권 | 각 496, 488, 512면

220 **비극의 탄생** 프리드리히 니체 | 김남우 옮김 | 304면

221 **위대한 유산** 찰스 디킨스 장편소설 | 류경희 옮김 | 전2권 | 각 432, 448면

223 **사람은 무엇으로 사는가** 레프 똘스또이 소설선집 | 윤새라 옮김 | 464면

224 **자살 클럽** 로버트 루이스 스티븐슨 소설선집 | 임종기 옮김 | 272면

225 **채털리 부인의 연인** 데이비드 허버트 로런스 장편소설 | 이미선 옮김 | 전2권 | 각 336, 328면

227 **데미안** 헤르만 헤세 장편소설 | 김인순 옮김 | 272면

228 **두이노의 비가** 라이너 마리아 릴케 시선집 | 손재준 옮김 | 504면

229 **페스트** 알베르 카뮈 장편소설 | 최윤주 옮김 | 432면

230 **여인의 초상** 헨리 제임스 장편소설 | 정상준 옮김 | 전2권 | 각 520, 544면

232 **성** 프란츠 카프카 장편소설 | 이재황 옮김 | 560면

233 **차라투스트라는 이렇게 말했다** 프리드리히 니체 산문시 | 김인순 옮김 | 464면

234 **노래의 책** 하인리히 하이네 시집 | 이재영 옮김 | 384면

235 **변신 이야기** 오비디우스 서사시 | 이종인 옮김 | 632면

236 **안나 카레니나** 레프 톨스토이 장편소설 | 이명현 옮김 | 전2권 | 각 800, 736면

238 **이반 일리치의 죽음·광인의 수기** 레프 톨스토이 중단편집 | 석영중·정지원 옮김 | 232면

239 **수레바퀴 아래서** 헤르만 헤세 장편소설 | 강명순 옮김 | 272면

240 **피터 팬** J. M. 배리 장편소설 | 최용준 옮김 | 272면

241 **정글 북** 러디어드 키플링 중단편집 | 오숙 옮김 | 272면

242 **한여름 밤의 꿈** 윌리엄 셰익스피어 희곡 | 박우수 옮김 | 160면

243 **좁은 문** 앙드레 지드 장편소설 | 김화영 옮김 | 264면

244 **모리스** E. M. 포스터 장편소설 | 고정아 옮김 | 408면

245 **브라운 신부의 순진** 길버트 키스 체스터턴 단편집 | 이상원 옮김 | 336면

246 **각성** 케이트 쇼팽 장편소설 | 한애경 옮김 | 272면

247 **뷔히너 전집** 게오르크 뷔히너 지음 | 박종대 옮김 | 400면

248 **디미트리오스의 가면** 에릭 앰블러 장편소설 | 최용준 옮김 | 424면

249 **베르가모의 페스트 외** 옌스 페테르 야콥센 중단편 전집 | 박종대 옮김 | 208면

250 **폭풍우** 윌리엄 셰익스피어 희곡 | 박우수 옮김 | 176면

251 **어센든, 영국 정보부 요원** 서머싯 몸 연작 소설집 | 이민아 옮김 | 416면

252 **기나긴 이별** 레이먼드 챈들러 장편소설 | 김진준 옮김 | 600면

253 **인도로 가는 길** E. M. 포스터 장편소설 | 민승남 옮김 | 552면

254 **올랜도** 버지니아 울프 장편소설 | 이미애 옮김 | 376면

255 **시지프 신화** 알베르 카뮈 지음 | 박언주 옮김 | 264면

256 **조지 오웰 산문선** 조지 오웰 지음 | 허진 옮김 | 424면

257 **로미오와 줄리엣** 윌리엄 셰익스피어 희곡 | 도해자 옮김 | 200면

258 **수용소군도** 알렉산드르 솔제니찐 기록문학 | 김학수 옮김 | 전6권 | 각 460면 내외

264 **스웨덴 기사** 레오 페루츠 장편소설 | 강명순 옮김 | 336면

265 **유리 열쇠** 대실 해밋 장편소설 | 홍성영 옮김 | 328면

266 **로드 짐** 조지프 콘래드 장편소설 | 최용준 옮김 | 608면

267 **푸코의 진자** 움베르토 에코 장편소설 | 이윤기 옮김 | 전3권 | 각 392, 384, 416면

270 **공포로의 여행** 에릭 앰블러 장편소설 | 최용준 옮김 | 376면

271 **심판의 날의 거장** 레오 페루츠 장편소설 | 신동화 옮김 | 264면

272 **에드거 앨런 포 단편선** 에드거 앨런 포 지음 | 김석희 옮김 | 392면

273 **수전노 외** 몰리에르 희곡선집 | 신정아 옮김 | 424면

274 **모파상 단편선** 기 드 모파상 지음 | 임미경 옮김 | 400면

275 **평범한 인생** 카렐 차페크 장편소설 | 송순섭 옮김 | 280면

276 **마음** 나쓰메 소세키 장편소설 | 양윤옥 옮김 | 344면

277 **인간 실격·사양** 다자이 오사무 소설집 | 김난주 옮김 | 336면

278 **작은 아씨들** 루이자 메이 올컷 장편소설 | 허진 옮김 | 전2권 | 각 408, 464면

280 **고함과 분노** 윌리엄 포크너 장편소설 | 윤교찬 옮김 | 520면

281 **신화의 시대** 토머스 불핀치 신화집 | 박중서 옮김 | 664면

282 **셜록 홈스의 모험** 아서 코넌 도일 단편집 | 오숙이 옮김 | 456면

283 **자기만의 방** 버지니아 울프 지음 | 공경희 옮김 | 216면

284 **지상의 양식·새 양식** 앙드레 지드 지음 | 최애영 옮김 | 360면

285 **전염병 일지** 대니얼 디포 지음 | 서정은 옮김 | 368면

286 **오이디푸스왕 외** 소포클레스 비극 | 싱시은 옮김 | 368면

287 **리처드 2세** 윌리엄 셰익스피어 희곡 | 박우수 옮김 | 208면

288 **아내·세 자매** 안톤 체호프 선집 | 오종우 옮김 | 240면

289 **폭풍의 언덕** 에밀리 브론테 장편소설 | 전승희 옮김 | 592면

290 **조반니의 방** 제임스 볼드윈 장편소설 | 김지현 옮김 | 320면

291 **의무론** 마르쿠스 툴리우스 키케로 지음 | 김남우 옮김 | 312면

292 **밤에 돌다리 밑에서** 레오 페루츠 지음 | 신동화 옮김 | 360면

293 **한낮의 열기** 엘리자베스 보엔 장편소설 | 정연희 옮김 | 576면